Katrin Stehle

Südwärts

Katrin Stehle wurde 1972 geboren und begann mit zwölf Jahren ihre »Spielabenteuer« aufzuschreiben. Seit Beendigung ihres Sozialpädagogik-Studiums lebt und arbeitet sie in München und Augsburg als Autorin und Schauspielerin. Sie leitet den Mitmachzirkus »ClownCircusCarlotta« in Augsburg. Nach den Jugendromanen *Jule Windsbraut* (Literaturstipendium der Stadt München) und *Tims Briefe* und dem Kinderbuch *Erbsensommer* ist *Südwärts* ihr viertes Buch im Ellermann Verlag.
Katrin Stehle erhielt 2001 den »Förderungspreis für Literatur« des Freistaates Bayern.

Katrin Stehle

Südwärts

Ellermann

Einband von Behrend & Buchholz, Hamburg
Satz: Utesch GmbH, Hamburg
Druck und Bindung: Ebner, Ulm
Printed in Germany 2002
ISBN 3-7707-3147-6

www.ellermann.de

Für Clemens (Danke für alles und immer!)
und meine Freundinnen und Freunde.
Dank an die I-Shen Rockers für Musik und Konzerte.

1

Im Zug ist es eng und laut. Auf der Werbetafel am Ende des Abteils rennt eine Frau mit blonden, langen Haaren über eine Blumenwiese. *»Der Geruch des Sommers, Flora-Ultra«* steht darunter. Im Abteil stinkt es nach einer Deo-Schweiß-Mischung.

Eine Mutter mit Quäkstimme schimpft und eine Gruppe Skaterjungs prahlt mit dem letzten Besäufnis. Ich ziehe mein Handy aus dem Rucksack, gehe auf ›Mitteilungen verfassen‹ und tippe: *»Hi ihr; hoffe ihr habt Spass. Ob ihr's glaubt oder nicht; bin unterwegs. Gruss Lucie«*. Und dann schicke ich sie schnell ab, die SMS. Geht ganz einfach, ich habe die Namen der beiden sofort gespeichert, gleich nachdem ich die Nummer hatte. Aber oft getippt habe ich sie noch nicht, bisher. Das wird sich jetzt ändern, hoffentlich. Ich lege das Handy auf die Miniablage am Fenster, damit ich sofort sehen kann, wenn sie mir zurückschreiben und stecke mir die Ohrstöpsel in die Ohren, drücke ›Play‹. Die Musik füllt meine Ohren, mein Gehirn. *»Forward and don't get tired, forward and don't get tired …«*

Ich ertappe mich selbst beim Lächeln. Ich tue etwas, von dem ich nie geglaubt hätte, dass ich es mich traue, ausgerechnet ich. Schon als kleines Kind war ich ein Feigling. Darum habe ich auch einen Hasen als Stofftier, einen Angsthasen. Meine Welt hat sich komplett verändert. Einfach so. Nein, nicht mit einem

Schlag, auch nicht mit einem Drama. Es war eher wie ein Duft, der sofort zu mir herwehte, als die beiden dort in der Tür standen, ein Kribbeln, das bei meinen Fußsohlen entstand und sich immer mehr ausbreitete. Und irgendwie wusste auch mein Kopf, dass sich etwas verändern würde.

Ich saß damals in der Klasse zwischen Annemie und Tamara und hörte Tom zu, der mit der absoluten Party am letzten Wochenende angab. Tom zuzuhören gehört zum guten Ton in unserer Klasse. Er hat immer coole Klamotten an, kann klasse Skateboarden und ist spitze in Mathe. Annemie beugte sich gerade nach vorne, um noch besser zu hören, und ich sah, dass sie sich beim Rasieren der Achselhaare geschnitten hatte. Es war laut in der Klasse und durch das offene Fenster wehte der Lärm der fußballspielenden Fünftklässler zu uns herein.

Und plötzlich hatte mein Gehirn eine Fehlschaltung, blendete für ein paar Minuten fast alles aus, da waren nur noch diese beiden Neuen. Zwei Neue auf einmal, mitten im Schuljahr.

Ich sah sofort, dass sie klein war, vermutlich sogar noch kleiner als ich. Und diese Haare! Eine Riesenmenge blauer Haare, blau!

Bei ihm standen die hellen Haare ab, als ob er gerade in eine Steckdose gefasst hätte. Sie grinste und schaute keinen von uns an.

Frau Mattes, unsere Erdkundelehrerin, versuchte sich zwischen den beiden durchzudrängeln, das heißt, sie schob die Neue in die Klasse hinein und der Neue wich vor ihr zurück, wieder in den Gang hinaus. Schwungvoll stellte Frau Mattes ihre Tasche auf dem Pult ab. Die blauhaarige Neue stand neben der Tür, schaute über uns hinweg und grinste noch breiter. Ich sah zum ersten Mal in meinem Leben, dass es möglich ist, beim Lachen vier Grübchen zu bekommen, zwei auf jeder Seite.

»Guten Morgen!«, sagte Frau Mattes und ich bemerkte, dass es völlig still in der Klasse war. Alle sahen zu der Neuen hin und Tamaras Mund stand ein wenig offen.

»Wir haben zwei neue Schüler bekommen, das ist Janne Kiel.« Frau Mattes deutete auf die Blauhaarige, die von einem Turnschuh auf den anderen tapste und noch immer grinste.

»Und dann haben wir da noch Simon Kiel«, Frau Mattes wedelte mit der Hand in Richtung Tür. »Willst du nicht hereinkommen, Simon?«

Zuerst tauchten Simons Haare auf, dann das T-Shirt, auf dem in knalliger Schrift »Lorenz Brausepulver« stand. Ich starrte seine Füße an, die in riesigen knallroten Schuhen steckten.

»So ein Clown«, hörte ich Tom murmeln und Tamara stieß mir ihren spitzen Ellenbogen in die Seite.

»Hinten bei Robert sind noch zwei Plätze frei«, meinte die Mattes und schüttelte ihren Bubikopf. Die ganze Klasse schaute den beiden beim Gehen zu. ›Neben Robert‹ dachte ich. Neben Robert waren immer Plätze frei. Niemand will neben ihm sitzen, weil er nach Schweiß und alter Lederhose stinkt und Autos knackt. Außerdem wird erzählt, dass er Mädchen anfummelt. Aber das konnte Janne ja nicht wissen. Sie hüpfte ihm entgegen und ihre blauen Haare schaukelten auf den Schultern mit. Simon stieß mit dem Fuß gegen Toms Rucksack, dass er bei Tamara landete. »Sorry!«, nuschelte er und tapste weiter. Gegen

Toms Rucksack darf normalerweise niemand stoßen. Tom ist unantastbar. Aber Simon ging einfach weiter und Tom starrte ihm nach, ohne sich um sein Heiligtum zu kümmern.

»Nun, nachdem die beiden Platz genommen haben, können wir uns wieder dem Stoff zuwenden«, Frau Mattes räusperte sich und die meisten Köpfe drehten sich nach vorne. Ich bedauerte, hinten im Kopf keine Augen zu haben.

»Nach der Stunde könnt ihr mit mir zum Lehrmittelzimmer gehen um eure Bücher abzuholen«, sagte Frau Mattes noch, »leiht ihnen doch inzwischen einmal welche.« Ich beugte mich nach unten um in meiner Tasche zu wühlen.

»Danke Nina!«, hörte ich Frau Mattes. Nina war mir mal wieder zuvorgekommen. Ich drehte mich trotzdem um. Simon hatte die Füße ausgestreckt. Wie bei einer Marionette, an deren Fäden gerade niemand zieht, baumelten die roten Schuhe und die Jeansbeine auf dem Boden herum. Und Janne saß im Schneidersitz auf ihrem Stuhl, gerade so, als würde sie es sich auf ihrem Bett bequem machen.

»Wenn die Herrschaften sich dann wieder umdrehen würden? Ich möchte beginnen. Heute reden wir über die Förderung der Braunkohle im …« Schnell drehte ich mich um, spürte wie mein Gesicht ganz heiß wurde. Und Frau Mattes begann Tamara auszufragen.

Ich fühlte immer noch dieses leichte Zittern in mir und hatte keine Ahnung warum. Ob sich Sommergrippe wohl so anfühlt? Vorsichtig befühlte ich meinen Kopf und versuchte die beiden zu vergessen und mich für Braunkohle zu interessieren.

Nach der Stunde hüpfte Janne und schlurfte Simon hinter

der Mattes her zu Tür hinaus. Ich schaute ihnen nach, bis auch kein Schimmer blaues Haar mehr zu sehen war.

»Was sind denn das für Scheißer?« Klaus setzte sich rittlings auf den Stuhl und starrte nach hinten auf die nun leere Bank. Robert grinste. »Die hat Titten!«, sagte er und ein Strahlen breitete sich auf seinem spitzen Gesicht aus.

»Du Schwein!« Nina schüttelte sich.

»Nö, also wenn die glauben, die könnten sich hier aufführen, dann haben sie sich aber geschnitten!«, meinte Flo und schob seine Cap noch ein Stück weiter nach hinten.

»Wie die rumlaufen! Wie Bahnhofspunker!« Anette rutschte den Träger ihres Tops zurecht. Sie sieht immer aus wie aus dem Ei gepellt, wenn man so einen altmodischen Ausdruck bei einem solchen Modebewusstsein überhaupt verwenden kann.

»Er ist doch irgendwie süß!«, sagte Kai, die eigentlich Karin heißt, und brachte damit alle zum Verstummen. Nur Tom wagte ein »Pfft ...«.

Kais Meinung über Jungen zählt. Sie hatte schon massenhaft Freunde und die Jungs kleben wie die Fliegen an ihr. Trotzdem hat sie keinen schlechten Ruf, niemand lästert über sie.

»Sind die Zwillinge? Die sehen sich doch überhaupt nicht ähnlich!« Tamara runzelte die Stirn.

Aber da war Herr Frank, der Englischlehrer, schon hereingekommen und hatte einen Packen Papier dabei. Ein untrüglich schlechtes Zeichen, jeder wusste sofort, dass wir einen Test schreiben würden.

»Rutscht die Tische auseinander und stellt die Sichtblenden auf!«, sagte er noch bevor er uns begrüßte.

»Ich kann gar nichts!«, jammerte Annemie.

Tamara und ich reagierten nicht. Das sagt sie jedes Mal und bekommt doch immer nur Einsen.

Während wir die Tische rückten und die riesigen, sorgfältig geklebten Pappsichtblenden aufstellten, kamen sie zurück. Beide schleppten riesige Bücherstapel und Simon stolperte wieder über eine Tasche. Tamara konnte den Büchern gerade noch ausweichen, aber ich bekam Französisch und Erdkunde voll an die Brust.

Simon sagte gar nichts, sammelte nur schnell die Bücher wieder zusammen. Einige kicherten und Janne schickte ihnen ein paar ihrer nahezu tödlichen Blicke. Ich fühlte wieder diese blöde Hitze im Gesicht und streckte Simon die Bücher entgegen. Er übersah sie glatt und trottete ohne sie zu seiner Bank zurück. Diesmal schaute er dabei angestrengt auf den Boden. Ich drehte die Bücher in meiner Hand und stotterte: »Dadada sisind noch zwei.«

Kai beugte sich zu mir, nahm sie mir aus der Hand, stand auf und brachte sie Simon. Ihr Po in der engen Hose wippte. Simon nickte ihr kurz zu und brummelte etwas. Es wurde die schlechteste Englischarbeit, die ich bisher geschrieben habe.

»Piep-piep«. Der kleine Brief auf dem Handy leuchtet mir entgegen. Ich drücke ein paar Tasten. *»Janne & Simon«* steht da. Sie antworten mir! Mein Finger zittert, draußen rauscht eine saftiggrüne Wiese vorbei.

»Glückwunsch! Das hätten wir wirklich nicht gedacht: Wie bist du denn unterwegs? Und wann kommst du an? Janne«

Mein Finger fährt über die Tasten, eine Antwort tippen. Ich stelle mir vor, dass sie mir gegenübersitzen. Janne hat ihr blaues Haar zu einem Pferdeschwanz gebunden und gibt mir die Hälfte von ihrem Schokoriegel ab. Simon sitzt neben mir, ich kann ihn riechen. Mensch, dieser Junge riecht so gut, wie Frühling oder Sonne.

Aber sie fahren ja nicht mit dem Zug.

»Trampen ist viel spannender!«, hatte Janne damals gesagt und gegrinst. Vermutlich hat sie mein Gesichtsausdruck so belustigt.

»Trampen?«

»Bist du noch nie getrampt?« Simon sah mich an, hatte eine Augenbraue hochgezogen.

Ich schüttelte den Kopf und starrte auf die Augenbraue.

»Trampen ist echt witzig. Man lernt eine Menge Leute kennen«, meinte Janne mit glitzernden Augen, »interessante Leute.«

Da habe ich mich richtig langweilig gefühlt mit meinen normalen Klamotten und so.

»Naja«, Simon lächelte mich an, »würdest du allein trampen, Janne?«

»Klar, bin ich doch schon!«

»Na sicher, aber nicht beim ersten Mal!«

»Stimmt!« Janne zeigte ihre Grübchen, alle vier.

»Bin im Zug nach Kufstein. An der Grenze schau ich weiter. Seid ihr schon da?« tippe ich und schicke die SMS gleich ab. Besser mit dem Zug kommen als gar nicht.

Der Zug bremst, hält schließlich an. Viele Leute rumpeln auf, die Skaterjungs drängeln sich zur Tür durch. ›Rosenheim‹ steht auf den blauen Schildern am Bahnhof. Ich hole mir einen Schokoriegel aus der Tasche und stecke ihn in den Mund, ziehe Schuhe und Strümpfe aus und lege die nackten Füße auf den Sitz gegenüber. Auf dem Bahnsteig stehen ein paar Leute, junge Menschen in Wanderkleidung mit Rucksack und ein paar alte Damen mit Handtaschen.

Nur eine alte Dame hat keine Handtasche. Sie trägt Bundfaltenhosen und zieht einen Einkaufswagen hinter sich her, wie ihn alte Damen häufig haben, so eine altmodische Tasche auf Rädern. Sie fällt irgendwie auf. Die anderen alten Frauen klettern mit verkniffenen Mündern die Stufen hinauf. Sie wendet sich an den Schaffner, lächelt ihn an und sagt irgendetwas. Er wischt sich die Hände am Hosenboden ab und hebt ihr Wägelchen zur Zugtür hinauf, bevor er auch ihr die Hand reicht.

An der Bahnhofstür lehnen ein paar Jungs mit weiten Hosen, die ihnen fast bis zum Knie hängen. Sie rauchen, obwohl sie höchstens vierzehn sind. Als der Schaffner pfeift, hält sich einer der Jungen die Ohren zu. Rumpelnd fährt der Zug an. Mit einem Knacksen schaltet sich mein Walkman ab, die Seite ist zu Ende. Ich drücke »Eject« und hole die Kassette heraus.

Die Schiebetür zu meinem Abteil wird aufgerückt und die alte Frau ohne Handtasche drückt sich durch die Tür. Mitten im Gang stellt sie ihr Wägelchen ab.

»Guten Tag!«, sagt sie und lächelt, »ist hier noch Platz frei, Mädchen?«

Ich nicke.

Die alte Frau setzt sich und streckt ihre Füße, die in breiten, brauen Gesundheitsschuhen stecken, aus und seufzt. Dann schaut sie mich genau an, mustert die hochgekrempelten Jeans und das labberige T-Shirt.

Ich weiche ihren Blicken aus, schaue aus dem Fenster. Der Zug fährt genau auf die Berge zu, hohe grüne Gebilde mit grauen Steinspitzen.

Aus den Augenwinkeln sehe ich, wie die Alte ihre Hose glatt streicht und die Strickjacke an den Haken hängt. Sie nimmt ihr Hütchen ab, ordnet ihre kurzen, weißen Haare, faltet die Hände unter ihrem Bäuchlein auf dem Schoß und schaut auch zum Fenster hinaus.

»Ach ist das schön!«, seufzt sie.

Mit ihrer dünnen, von Adern durchzogenen Hand streicht sie etwas Unsichtbares von dem geblümten Schirm, der an ihrem Wägelchen festgeschnallt ist, bevor ihre Augen wieder suchend umherstreifen.

Über mein Schmusekissen wandern sie, den Walkman, das Handy, den Rucksack und bleiben schließlich an meinem Geigenkasten hängen.

»Spielst du etwa Geige, Mädchen?«, fragt sie.

Ich nicke und die Alte beginnt zu strahlen. »Wunderbar!«, sagt sie, »ich spiele Akordeon.«

Eine Alte, die Akordeon spielt!

»Geige ist ein wundervolles Instrument«, meint die gerade, »ich liebe Geigenspiel. Wo fährst du denn hin, Mädchen?« Ihre blauen Augen blitzen.

»Nach Kufstein«, sage ich, denn dorthin geht meine Fahrkarte. »Dort treffe ich mich mit Freunden.« Naja, das war nun komplett gelogen. Ich drehe mich schnell Richtung Fenster. Ich kann nicht gut lügen, bekomme dabei immer so breite Nasenlöcher. Das behauptet zumindest mein kleiner Bruder Marco.

2

»Noch zugestiegen, die Fahrkarte, bitte!« Der Schaffner hat eine laute brummige Stimme und Schweißtropfen auf der Stirn.

»Ich habe noch keine«, sagt die alte Frau und zieht aus ihrer Jackentasche eine kleine, schwarze Geldbörse.

»Wohin wollen's denn?« Der Schaffner beugt sich herunter, ist fast zu groß für die Abteiltür.

»Ans Meer!« Die Alte strahlt ihn an.

»Na, na, gnädige Frau«, sagt der Schaffner, »das müssen's schon genauer angeben. Das Meer ist groß. Aber ich kann Ihnen eh nur eine Inlandsfahrkarte verkaufen. Höchstens Kufstein, das geht noch.«

»Dann das! Dort werde ich wohl eine neue Karte kaufen können, junger Mann?«

»Natürlich!« Der Schaffner tippt auf seinem Minicomputer herum und die Alte wühlt in ihrer Geldbörse.

Ich schalte den Walkman wieder an und überkreuze meine Beine. *»We need a new system that works better, we need a new system now and forever. Open up the eyes of the blind …«*

Ein neues System, etwas ganz anderes, weg vom Normalen. Fünfzehn Jahre lang war mein Leben ganz normal gewesen, stinknormal genauer gesagt. Und das Beste ist, ich hab's nicht einmal gewusst. Das heißt, ich habe es nie so definiert, alles war einfach so, wie es ist. Mein Vater arbeitet in einer Computerfirma und meine Mutter halbtags in einer Buchhandlung. Ich habe eine kleine Nervensäge als Bruder.

Klar, ich habe immer viel gelesen und aus den Büchern auch gewusst, dass manche Leute anscheinend ständig Abenteuer erleben. Aber das war's dann auch schon. Sicher, wir hatten kleine Familienkräche, haben uns einmal im Urlaub im Moor verirrt. Aber sonst? Ich wusste, ich würde das Gymnasium fertig machen und dann etwas Anständiges studieren, vielleicht Lehramt, weil man da immer einen Job bekommt. Dann würde ich heiraten, Kinder kriegen und später Oma werden und irgendwann sterben. Seit der vierten Klasse spiele ich Geige, ich liebe Musik. Vielleicht würde ich das als Erwachsene immer noch tun, meinen Kindern Schlaflieder vorgeigen oder so. An dem Tag, als ich Janne und Simon zum ersten Mal traf, wurde mir bald klar, dass es noch etwas anderes geben könnte.

In der Pause gesellte sich Kai zu den beiden, ließ dafür extra ihren derzeitigen Freund Christof stehen. Ich lehnte mit Tamara und Annemie an der Mauer und kaute auf meinem Käsebrot herum, während ich die drei am anderen Ende des Schulhofes aus dem Augenwinkel beobachtete.

Simon aß eine Brezel, indem er zuerst das Innere herauspopelte und es zu kleinen Kügelchen rollte. Am Ende blieb nur noch ein Brezelskelett übrig. Janne mampfte eine Nussecke und dazu Weintrauben. Ich beobachtete Kai, die sich eng an Simon zu drängeln versuchte, aber irgendwie gelang es ihr nie. Ich sah die beiden Mädchen den Mund auf und zu machen und reden, während Annemie Tamara und mir vorjammerte, was sie alles in dem Test nicht gekonnt hätte.

»Die Neuen sind doch echt komisch!«, sagte Tamara plötzlich und Annemie verstummte und zog einen Schmollmund.

»Ja«, sagte ich, »meinst du, die sind hierher gezogen?«

»Die kommen bestimmt aus einer Großstadt, Berlin oder Frankfurt oder so …« Tamara kaute auf ihrer Unterlippe herum, wie immer, wenn sie nachdenkt.

»Ich find sie bescheuert!« Annemie biss in ihren Apfel.

»Aber du kennst sie doch gar nicht!« Tamara schaute sie an.

»Komm nicht immer mit deinem christlichen Gelabere!« Annemie pulte den Stiel aus ihrem Apfel und warf ihn ins Gebüsch.

»Du bist ganz schön intolerant! Vielleicht kommen sie aus einer Problemfamilie?« Tamaras Stirn hatte zwei Falten und ich konnte mir wieder einmal gut vorstellen, wie sie in zehn Jahren aussehen würde. Sie will mal Psychologin werden und liest immer gerne Problembücher und seit neuestem auch Freud. Aber ich glaube nicht, dass sie kapiert, was sie da liest, bei Freud meine ich.

»Hmhm«, machte Annemie nur und wir starrten alle drei zu Kai und den beiden Neuen hinüber. Janne jonglierte drei Weintrauben.

In dem Moment wusste ich, dass ich gerne mit ihr befreundet wäre.

Ich hatte jedoch keine Ahnung, wie ich das anstellen sollte. Ich meine, ich bin nicht Kai. Simon hat mich glatt übersehen, als ich ihm die Bücher geben wollte.

Im Zugfenster kann ich einen leichten, undeutlichen Schatten erkennen. Das bin ich. Ein Schatten mit normalen, langen, braunen Haaren und dunklen Augen. Die Pickel sieht man in der Fensterscheibe nicht. Auch meine T-Shirt ist unauffällig, die Jeans und die Turnschuhe. Club der Unauffälligen, Tamara, Annemie und ich. Oder Streber, wie Kai uns genannt hat, Streberclub. Dabei bin ich gar nicht so gut. Ich lerne fast nie, spiele lieber Geige oder lese.

Ich lege die Hand auf meinen Rucksack. Da ist meine Cap drin, die bunte Cap, die ich mir an dem Tag gekauft habe, als die beiden in unsere Klasse kamen, am 10. Mai. Ich habe sie, außer in meinem Zimmer, noch nie aufgehabt. Aber morgen, wenn ich bei den beiden angekommen bin, setze ich sie auf. Und dabei tu ich, als wäre es ganz normal, als hätte ich immer regenbogenbunte, auffällige Caps auf.

In der Scheibe treffen sich meine Augen mit denen der Alten. Sie lächelt mich an, starrt dann wieder zum Fenster hinaus. Auf alte Menschen habe ich eine hervorragende Wirkung. Meistens sprechen sie mich an, alte Menschen, kleine Kinder und Mütter. Für die Leute, die mich interessieren, bin ich dagegen meistens Luft. So auch am Anfang für Janne und Simon. Sie haben mich einfach nicht beachtet. Klar, ich habe auch keinen Versuch unternommen, mir ist kein Thema, nichts an mir eingefallen, was sie interessieren könnte. Aber ich habe sie beachtet, habe sie beobachtet, immer mehr Informationen über sie gesammelt.

Das Erste, was ich rausgefunden habe, war, dass Simon eigentlich schon in die zehnte Klasse gehen müsste. Er ist in der

Neunten durchgefallen. Das liegt nicht etwa daran, dass er dumm ist oder so, er lernt einfach nur Dinge, die ihn interessieren. In Geschichte zum Beispiel ist er super, er weiß nahezu alles über das Mittelalter. Auch Englisch kann er gut, er redet fast ohne Akzent. Mathe ist dagegen ein Problem. Als Sommer, unser Mathelehrer, ihn gleich in der zweiten Woche an die Tafel geholt hat, um ihn eine Gleichung lösen zu lassen, stand er da, klemmte sich die Kreide hinters Ohr und grinste Sommer an. Simons Augen, die übrigens grün sind, blitzten, er machte den Mund auf und sagte: »Könnten wir nichts über die Philosophie hinter der Mathematik lernen? Für Gleichungen gibt's doch längst Computer!«

»Ich habe keine Lust darüber mit dir zu diskutieren, Simon. Du willst diesmal die neunte Klasse schaffen! Mir ist das eigentlich ziemlich egal!«, antwortete Sommer und klopfte mit dem Zeigestab auf die Gleichung an der Tafel.

»Dann setze ich mich jetzt wieder!«, sagte Simon, legte die Kreide zurück und drehte sich um, um an seinen Platz zu gehen. Ein Raunen ging durch die Klasse. Ich merkte, dass ich den Atem anhielt.

»Halt, halt, Freundchen!« Herr Sommer tippte ihm mit dem Zeigestab auf die Schulter. Simon blieb stehen. »Ja?«

»Du löst jetzt die Aufgabe oder es gibt eine mündliche Sechs!«

Simon zuckte die Schultern, war aber stehen geblieben. Ich atmete aus.

»Ich darf dich daran erinnern, dass du dann von der Schule fliegst, mit einer Sechs in Mathematik.«

Simon drehte sich um und ging zur Tafel zurück.

Herr Sommer grinste und sah dabei aus wie eines von den Monstern im Fernsehen. »Ja und du kennst ja die Videoausrüstung unserer Schule. So eine findest du nicht so schnell noch mal …«

Simons Hand zitterte als er die Gleichung löste. Seine Zahlen waren klein und wackelig. Aber er machte nur einen einzigen kleinen Fehler.

»Na also, warum denn nicht gleich so!«, sagte Sommer und rieb sich den Schnurrbart.

Simon hielt den Kopf gesenkt, als er auf seinen Platz zurückschlurfte.

So habe ich von Simons großer Leidenschaft erfahren, dem Videofilmen. Herr Frank, unser Englischlehrer, ist auch ein Videofreak. Er macht immer »Urlaubsfilme über England mit Originalstimmen«, die wir uns dann im Unterricht ansehen müssen. Aber er hat durchgesetzt, dass unsere Schule eine fast professionelle Videoausrüstung bekommt, mit Schnittcomputer und so. Und mit Video ist Simon erpressbar. Er dreht fast die ganze Zeit irgendwelche Filme. Ich habe zugehört, wie er mit dem Frank darüber gesprochen hat. Und am Schulfest wurde sein letztes Werk aufgeführt. Es handelt von den Abenteuern einer Kröte, die sich in einen Mathelehrer verwandeln kann. Die Einstellungen sind oft subjektiv aus Krötensicht und das Doppelleben skurril und voller Einfälle.

Er und Janne sind Stiefgeschwister. Das heißt, seine Mutter, bei der er lebt, hat vor einigen Jahren Jannes Vater, bei dem sie lebt, geheiratet. Die beiden haben noch drei Minihalbgeschwister, die noch nicht mal in den Kindergarten gehen. Die Eltern sehen eigentlich ganz normal aus. Jannes Vater fährt zwar einen Bus, auf dem eine Menge Elche und Schwedensticker kleben, trägt aber ganz normale Klamotten und arbeitet im Jugendamt. Die Mutter sieht, abgesehen von den drei kleinen Fratzen, die ständig an ihr dran kleben, auch ganz normal aus. Ich weiß das, weil ich mal zufällig im Park neben dem Haus, in dem sie wohnen, gesessen und gelesen habe. Nun ja, so ganz zufällig war das eigentlich nicht. Ich wusste, dass sie in dem Haus am Park wohnen, weil ich gelauscht habe, als Janne Kai ihre Adresse nannte.

Ach ja, Kai. Sie warf sich richtig an Janne ran. Sie spielte im Sport Badminton mit ihr, was eigentlich keine so gute Idee war, weil Janne furchtbar schlecht im Sport ist. Janne liebt Musik, wie ich. Aber sie spielt Bass, E-Bass, um genau zu sein, und auch noch Schlagzeug. Am Schulfest ist sie aufgetreten mit »Traumfresser«, einer echt krassen Band. Sie ist die Jüngste dort und auch noch das einzige Mädchen. Die anderen sind alle in der zwölften, dreizehnten Klasse. Aber sie stand dort mit dem Bass und ließ meinen Bauch rumoren. Ich hatte das Gefühl, dass sie richtig gut ist. Von Kai weiß ich, dass sie auch fast nichts anderes in ihrer Freizeit macht als üben. Aber das hat sie erst rumerzählt, als sie sich nicht mehr für Janne interessiert hat. »Die hat bloß ihren Scheißbass im Kopf!«, hat sie geschimpft und sich wieder zu Nina gestellt in den Pausen. Und von da an waren sie wieder zu zweit, Janne und Simon, Simon und Janne. Und ich wäre so gerne zu ihnen hinübergegangen, habe mich aber nicht getraut. Erst viel später kam mir der Zufall zu Hilfe, beim Schulfest, um genau zu sein.

»Kufstein. Endstation«, sagt eine blecherne Metallstimme, »bitte alles aussteigen, der Zug endet hier.« Ich zucke zusammen. Die alte Frau rückt ihren Hut zurecht und steht auf, streift sich die Hose glatt. Ich stecke Walkman und Handy in das obere Rucksackfach und setze ihn mir auf. Meine Beine fühlen sich zittrig an. Ich bin noch nie alleine verreist, nicht mal mit dem Zug.

Die Alte geht vor mir, das Wägelchen rattert auf dem Boden im Gang. Ich muss ewig langsam gehen um nicht mit den Knien dagegen zu stoßen. Ich schwitze, merke wie mein Rücken feucht wird.

Meine Eltern glauben, ich wäre mit Tamara und deren Eltern in einem Ferienhaus in der Toskana. So war es eigentlich abgemacht. Zum Glück konnte ich meine Eltern davon überzeugen, dass ich alleine zu Tamara gehen will. Sie wohnt ja nur zwei Straßen weiter. Meine Mutter hat geseufzt und mein Vater hat gesagt: »Sie wird langsam erwachsen, Renate, da schämt sie sich für ihre alten Eltern.« Irgendwie war es gar nicht so leicht meine Eltern anzuschwindeln. Eigentlich habe ich nämlich ein wirklich gutes Verhältnis zu ihnen. Sie haben mich nie geschlagen oder so. Außerdem haben sie meine Wünsche immer unterstützt. Als sie entdeckt haben, wie wild ich schon als kleines Kind auf Musik war, durfte ich in musikalische Früherziehung gehen und mit sechs Jahren Geigenstunden nehmen. Und das obwohl sie selbst völlig unmusikalisch sind. Das behaupten sie zumindest immer von sich. Wenn sie nur nicht so überängstlich wären. Ich meine, sie sind Bergsteiger und klettern sogar, aber nachts haben sie echt Schiss. Ich darf nicht einmal allein von der Bushaltestelle nach Hause laufen, wenn es dunkel ist …

Ich bin auf jeden Fall in die erste Straße eingebogen und habe mich dann auf dem kleinen Spielplatz versteckt. Von dort aus habe ich Tamara angerufen.

»He Lucie, was ist los?«, hat sie gefragt und ganz atemlos geklungen, »sollen wir dich doch abholen?«

»Hm, ich habe ein Problem«, habe ich gemurmelt. Tamara anlügen ist echt schwierig. Wir sind schon immer Freundinnen gewesen, praktisch seit dem Kindergarten. In dem Moment habe ich gemerkt, wie gerne ich sie eigentlich mag. Und irgendwie wollte ich plötzlich nicht mehr. Es wäre so einfach gewesen zu Tamara und ihren Eltern ins Auto zu steigen und zu deren Ferienhaus zu fahren. Aber dann, hab ich mir gesagt, ist alles wie immer. Das ganze Leben wird ablaufen wie ein einziger vorher ausgemachter Plan, gemütlich, aber ohne Abenteuer. Und Abenteuer wollte ich erleben, am liebsten mit Simon und Janne, ihre Freundin sein.

»Also, was ist jetzt Lucie? Ich muss weiterpacken!«

»Mein Opa ist krank geworden und meine Mutter muss für ein paar Tage zu ihm. Da muss ich mich um Marco kümmern.«

»Dein Opa? Ich dachte, ihr habt Streit mit dem?«

Ich habe gemerkt, wie ich zu schwitzen anfing. Unter meinen Achseln war es total feucht. Sie kennt mich und meine Familie einfach viel zu gut. Wenn mein Opa krank ist, erfahren wir das immer als Letzte, meistens von meiner Tante Luise, der Schwester meiner Mutter. Mein Opa hasst nämlich meinen Vater und meiner Mutter hat er nie verziehen, dass sie ihn geheiratet hat. Er wollte nämlich, dass sie den Sohn seines Freundes nimmt …

»Naja, jetzt wo er krank ist … Und Tante Luise ist in Urlaub«, habe ich gemurmelt.

»Mensch, aber was hat das mit uns zu tun? Der Marco ist doch kein Baby mehr. Der kann doch locker ein paar Tage allein bleiben!«, maulte Tamara.

»Ich komm dann mit dem Zug nach.«

»Mit dem Zug?«

»Klar, der nächste Bahnhof ist doch Monteroni. Wenn ihr mich da vielleicht dann abholen könntet?«

»Mensch, das wird echt langweilig ohne dich!«

»Sorry. Aber es sind doch nur ein paar Tage.«

»Wie lange soll das denn dauern?«

»Ich schätze so vier, fünf Tage …«, habe ich gesagt. Ich habe mir alles auf der Landkarte genau angesehen. Es muss einfach klappen. Und wenn ich Glück habe, fliegt mein Schwindel nie auf.

»Rufst du uns dann vorher an?«

»Klar, gute Fahrt!«

»Viel Spaß mit deinem Bruder!« Tamara hat aufgelegt, bevor ich noch was sagen konnte. Ich glaube, sie ist sauer. Die erste Zeit habe ich nur einfach so dagesessen auf dem Spielplatz und dann habe ich mir ewig überlegt, wie ich Tamara wieder versöhnen könnte. Wird wohl echt nicht so einfach … Erst zwei Stunden später, als ich sicher sein konnte, dass Tamara schon weg ist, habe ich mich aus dem Spielplatz getraut und bin zum Bahnhof geschlichen. Dabei musste ich ständig aufpassen, dass mich niemand sieht. Wenn ich wenigstens nicht so viel Gepäck gehabt hätte! Kurz habe ich überlegt, Tamara die Geige und einen großen Teil von dem Zeug zu bringen, aber ich hätte ihr nicht in die Augen schauen können …

Ich hüpfe als Erste aus dem Zug und lasse mir dann das Wägelchen der alten Frau herausreichen. Die Alte klettert mit dem Schirm hinterher.

»Danke, Mädchen!«, sagt sie und streckt mir die Hand entgegen.

Ich drücke sie und möchte sie am liebsten länger halten, weil sie so trocken ist und angenehm weich. ›Komisch‹, denke ich und lasse unvermittelt los, sage »Auf Wiedersehen« und »schönen Urlaub« und gehe dann, ohne mich noch einmal umzudrehen.

Der Bahnhof ist winzig, hat nur ein paar Bahnsteige und dazu etliche Gleise, auf denen Güterwaggons stehen. Es stinkt wie immer auf Bahnhöfen.

Nur wenige Leute sind unterwegs. Der Abfahrtsplan. Nachtzug hört sich am besten an. Da habe ich erst mal kein Problem mit dem Übernachten. Ich tapse von einem Fuß auf den anderen. Hoffentlich geht alles gut. Ich nehme den Rucksack herunter, hole das Handy und stopfe es in meine Hosentasche. Da fühle ich mich sicherer, irgendwie mehr verbunden mit der Welt. In der Tasche ist noch etwas – das Postsparbuch. Eine Menge Geld hat sich darauf angesammelt. Als ich noch ein ganz kleines Baby war und noch nicht einmal »Geld« sagen konnte, haben meine Eltern und Verwandten schon darauf eingezahlt.

Später, mit acht, wollte ich dann ein Skateboard oder mit elf ein Pferd. Aber dafür war natürlich kein Geld da. Nie durfte ich auch nur eine Mark abheben, alles sollte für später gespart werden. Wann dieses »später« denn wäre, konnte mir allerdings niemand so genau sagen. Vielleicht ist später einfach immer später, aber wenn ich einmal selber Geld verdiene brauche ich doch die sauer ersparten Cents aus meiner Kindheit und Jugend nicht mehr, oder? Deshalb habe ich beschlossen, dass jetzt später ist. Genau jetzt brauche ich Geld. Meine Eltern haben nämlich eine Vereinbarung mit denen von Tamara. Sie geben mir nur ganz wenig Geld mit. Den Rest geben mir Tamaras Eltern und rechnen dann am Ende des Urlaubs mit ihnen ab. Das wenige Geld habe ich schon fast verbraucht, für Proviant, also Schokoriegel, Walkmanbatterien, eine Landkarte von Italien und die Fahrkarte nach Kufstein. Ich muss dringend zur Bank. Mein Handy piepst.

»Ja; wir sind da! Stehen vor dem Gelände; schwitzen u. warten auf die Eintrittsbändel. Voll schön hier, gute Stimmung. Beeil dich!«

Wenn ich nur schon dort wäre! Ich soll mich beeilen. Heißt das, dass wir schon richtige Freunde sind, Janne, Simon und ich? Simon … vielleicht könnte sich, ich meine, wenn wir ein paar Tage zusammen sind … Aber nicht so weit denken, einfach nur Freunde. Aber noch bin ich hier. Vor dem Bahnhof sitzt ein Penner auf der orangen Plastikbank, hat ein paar stinkende, prallgestopfte Plastiktüten neben sich und eine Rotweinflasche im Arm.

In die Stadt geht es über eine breite Brücke. Der Fluss, eingefasst zwischen Steinmauern, ist eine schmutzig braune Brühe. Auf einem riesigen Felsklotz steht eine Burg.

Der Himmel ist knallblau mit ein paar weißen Wolken, von der Sorte, in der wir als Kinder immer Figuren gesucht haben. Ich laufe über steil ansteigendes Kopfsteinpflaster den Hügel hinauf, spüre, wie ich immer feuchter werde am Rücken, dort wo der Rucksack aufliegt. Ich hüpfe ein wenig, um Luft an den Rücken zu bekommen.

3

Ich stehe vor der Post. Mein Herz klopft so laut. Ich hoffe, dass es niemand hört. Mit Banken kenne ich mich nicht aus, mein Taschengeld bekomme ich jeden Monat ausbezahlt. Komische Leute hier. Gerade geht eine Frau im Alter meiner Mutter vorbei. Ich kneife die Augen zusammen. Hoffentlich falle ich nicht auf. Ich habe das Gefühl, dass sie mich beobachtet. Schnell atme ich noch einmal tief durch und stoße dann die Glastür auf. Drinnen ist es angenehm kühl. Mit dem Handrücken wische ich mir über die Stirn. In der Post sind viele verschiedene Schalter, hinter denen Menschen sitzen, Menschen, die scheinbar nicht schwitzen und ordentliche Frisuren und weiße Hemden tragen. Ich schlüpfe aus dem Rucksack, hieve ihn auf den Boden, lehne ihn an ein kleines Tischchen, auf dem Formulare liegen und ein Kugelschreiber an einer langen Plastikspirale. Der Rucksack bleibt nicht stehen, sinkt zur einen Seite um. Ich bücke mich und ziehe den Geigenkasten zurecht. Vorsichtig nehme ich die Hand weg. Der Rucksack bleibt stehen.

Das T-Shirt klebt mir am Rücken fest. Ich lockere es, spüre wie feucht und klebrig es geworden ist. Zum Glück habe ich noch mehr dabei. Stinkend bei Janne und Simon ankommen wäre echt das Letzte.

Zu welchem Schalter soll ich gehen? Vielleicht zu der Frau

mit dem knallroten Lippenstift? Oder zu der mit der großen rosa Haarklammer? Da ist auch noch der junge Mann mit dem Bürstenschnitt und der Donald-Duck-Krawatte. Er grinst. Ich nehme meinen Geigenkasten hoch und gehe zu ihm.

»Grüß Gott«, sagt er mit österreichischem Akzent.

Er hat ein paar Pickel auf der Stirn, sorgfältig mit Anti-Pickelstift überdeckt.

»Bitte schön!«, sagt der Mann und ich lese auf dem weißen Schild an seinem Jackett, dass er ›Burtscher‹ heißt, ›F. Burtscher‹. Ich krame das Sparbuch unter dem Walkman heraus. Es hat ein Eselsohr bekommen, rechts unten. Ich streiche es glatt, als ich es auf die Theke lege, und ziehe dann schnell die Finger zurück. Mein Daumennagel hat einen schwarzen Rand. »Ich hätte gerne, äh, hunderfünfzig Euro!«

F. Burtscher nimmt das Sparbuch, blättert darin herum. »Weil du noch minderjährig bist«, sagt er schließlich, »brauche ich eine Unterschrift der Erziehungsberechtigten.«

»Aber es ist doch mein Sparbuch«, sage ich, »ich kann ihnen meinen Ausweis zeigen.«

»Das nützt mir gar nichts. Hier steht, dass du nicht verfügungsberechtigt bist, bevor du volljährig bist. Und du bist …«

Ich sehe wie ein paar Falten auf seiner Stirn erscheinen.

»Fünfzehn«, sagt er schließlich, »dem Geburtsdatum zufolge bist du erst fünfzehn. Ohne Eltern lässt sich da überhaupt nichts machen.«

»Aber meine Eltern …«, sage ich und stocke, »also meine Eltern warten draußen. Mein kleiner Bruder hat einen Wutanfall, weil er kein Eis bekommt.«

»Na, dann dürfte es doch kein Problem sein, sie reinzuholen.«

»Doch, also, die sind schon weitergegangen um ihm doch ein Eis zu kaufen. Die haben gesagt, ich soll mir schnell das Geld holen …«, sage ich.

»Hmhm.« Die Falten auf F. Burtschers Stirn werden noch tiefer. »Also ohne Eltern geht überhaupt nichts.«

Ich reiße ihm das Sparbuch fast aus der Hand, stopfe es in die Hosentasche zurück und drehe mich um.

»Na dann, auf Wiedersehen!«, quetsche ich heraus. So eine Spießerbank!

Draußen setze ich meinen Rucksack auf. Meine Finger zittern. Nur nicht auffallen! Mit weichen Knien biege ich langsam um die Ecke und renne dann los. Der Rucksack schlägt mir gegen den Po und eine Haarsträhne kitzelt mich im Gesicht. Hoffentlich hat sich F. Burtscher meine Adresse nicht gemerkt. Am Ende denkt er, ich wäre eine Ausreißerin! Es geht bergab, ich rutsche und der schwere Rucksack drückt mich nach vorne. Gerade noch kann ich mich an einer Straßenlaterne festhalten. Zum Glück ist der Geigenkasten nicht heruntergefallen. Ich bleibe stehen und bekomme natürlich sofort Seitenstechen.

Unten sehe ich den Fluss wieder und all die Cafés mit den aufgespannten bunten Sonnenschirmen. Gerne würde ich mich unter so einen setzen und eine Cola trinken oder auch einen Cappuccino, das klingt so erwachsen und italienisch. Ich ziehe meinen Geldbeutel unter dem T-Shirt hervor. Nur noch ein paar Münzen, die Fahrt nach Kufstein war schon viel teurer, als ich gedacht habe. Für die Zugfahrkarte reicht das bestimmt nicht mehr. Und wie soll ich dann nach Italien kommen?

Und dorthin muss ich, das weiß ich genau. Was würden Janne und Simon auch denken, wenn ich so schnell aufgebe? Und überhaupt würde dann die ganze Geschichte auffliegen. Ich muss unbedingt zu Janne und Simon. Vielleicht können sie mir so viel Geld leihen, dass ich danach noch zu Tamara komme. Oder … Ich muss einen Plan machen.

Ich krame die Cap aus dem Rucksack, setze sie auf und fühle mich einen Moment lang wie Janne, irgendwie mutiger.

Ich gehe weiter, langsamer diesmal. Auf einer kleinen Plattform, etwa in der Mitte der steil bergauf führenden, gepflasterten Fußgängerzone spielt eine Musikkapelle. Die Musikanten tragen Uniformen, viele der Zuschauer sind in Tracht. Ein kleines Mädchen mit Affenschaukeln und Dirndl hüpft vor der Kapelle im Kreis herum. Ein paar Touristen machen Fotos. Ich sehe die alte Frau aus dem Zug wieder. Was macht die denn hier? Die wollte doch ans Meer. Sie scheint zu schwitzen, wischt sich mit dem Ärmel ihrer Bluse über die Stirn. Die Kapelle spielt jetzt ein modernes Lied. Die alte Frau stützt sich auf ihr Wägelchen und lächelt. Mittlerweile tanzen zwei kleine Mädchen herum, dass ihre Haare fliegen. Bei dem einen ist die linke Affenschaukel aufgegangen und der Zopf baumelt einfach so herum.

Eine rundliche Frau mit einem kleinen Fässchen um den Hals kommt auf die Alte zu, bietet ihr einen Schnaps an. Die alte nimmt ihn und zahlt. Sie trinkt und hustet dann. Ich sehe ihr

Gesicht knallrot anlaufen. Die Verkäuferin lacht.

Ich gehe weiter in Richtung Fluss. An beiden Uferseiten ist ein schmaler Streifen Wiese mit Bäumen und Bänken, fast wie ein Park. Ich stelle meinen Rucksack auf eine rote Bank und lasse mich daneben fallen. Der Fluss ist immer noch schmutzig braun und die Sonne verschwindet gerade. Ich muss mir schnellstens etwas einfallen lassen. Janne hat doch garantiert eine Idee. Vielleicht sollte ich ihr eine SMS schreiben? Aber dann bestätigt sich ja ihr Bild über mich. Ich möchte, dass sie mich mögen und nicht mehr für die Lucie aus dem Streberclub halten. Die Berge sehen plötzlich finster aus, wie eine hohe dunkelgrüne Mauer, die mich von Italien trennt.

Ich mache die obere Klappe meines Rucksacks auf, hole den Walkman heraus. Musik hilft mir immer beim Nachdenken. Dieses blöde Sparbuch! Es ist so viel Geld drauf! Ich muss einfach irgendwie rankommen. In Italien soll alles lockerer sein und unbürokratischer. Außerdem sprechen sie dort kein Deutsch. Die würden mir sicher Geld geben. Aber wie komme ich nach Italien?

Ich setze den Kopfhörer auf, drücke auf ›Play‹ und ziehe die Beine an. »*… help, help me through the night. You are my fairy at the end of the day …*«

›Lebe wild und ungewöhnlich‹ stand auf dem T-Shirt, das Janne auf dem Schulfest getragen hat. Und sie kam zu spät. Fast eine halbe Stunde später als ausgemacht kam sie angelaufen mit wehenden blauen Haaren und dem ›Wild-und-ungewöhnlich‹-T-

Shirt, schwarze Schrift in einem knallroten Kreis. Und dabei hatten wir ausgemacht alle in weißen T-Shirts zu kommen, schlicht und weiß.

An unserer Schule ist es nämlich so, dass jede Klasse beim Schulfest eine Aktion übernehmen muss, Spiele zum Beispiel oder Vorführungen von Tänzen. Wir hatten uns für den Kuchenverkauf entschieden. Tom meinte zwar, wir sollten die Bar betreuen, aber das haben sie uns natürlich nicht erlaubt, weil noch fast niemand sechzehn ist. Also Kuchenverkauf im weißen T-Shirt, eine Art Kompromiss. Immer zu viert sollte man den Kuchenstand betreuen. Weil Simon am Mittag mit dem Aufbau im Filmsaal beschäftig war und Janne am Abend mit ihrer Band konnten die beiden nicht zusammen eingeteilt werden. Und so war Janne irgendwie bei uns gelandet, bei Annemie, Tamara und mir.

»Mensch, du kommst aber reichlich spät!«, motzte Annemie noch bevor sich Janne zu uns hinter die Theke quetschen konnte.

»Sorry, hab verschlafen!«, rief Janne und grinste ihr Viergrübchengrinsen.

»Und das richtige T-Shirt hast du auch nicht an!«, fuhr Annemie fort, »He, stopp! Was soll das?«

Janne grinste noch mehr und schob sich noch eine Erdbeere in den Mund, die sie einfach so von einem Kuchen geklaut hatte.

»Bist du wahnsinnig, den sollen wir doch verkaufen!« Tamara schüttelte den Kopf.

»Bin nicht mehr zum Frühstücken gekommen.« Janne packte

das ganze Kuchenstück mit der Hand und biss kräftig davon ab. »Jetzt muss ich das leider ganz essen. So können wir ihn ja leider nicht mehr verkaufen«, nuschelte sie mit vollem Mund.

Tamara sah mich an und zog die Augenbrauen hoch.

Annemie schüttelte den Kopf und starrte den roten Kreis auf Jannes T-Shirt an. »Und das T-Shirt?«

»Ich bin gegen Uniformen!« Janne grinste und wischte sich einen Kuchenbrösel vom Mund, »Und das ist meine Botschaft an euch alle für den Tag.«

»Dann verkauf mal den Kuchen wild und ungewöhnlich.« Annemie schaute sie spöttisch an und fing wieder an Kuchen auf dem Tisch zurechtzurücken. Das hätte auch von meiner Mutter kommen können, genau so.

Janne rollte mit den Augen.

»Was soll das überhaupt genau bedeuten? Wild und ungewöhnlich?« Tamara hatte sich an die Wand gelehnt und grinste.

»Ich möchte Abenteuer erleben«, meinte Janne und ihre Augen blitzten.

»Pfft! Abenteuer! Ist doch alles Quatsch. Erst muss man einmal den Alltag bewältigen und es zum Beispiel schaffen pünktlich zu sein und sich an das zu halten, was ausgemacht ist!«, meinte Annemie und öffnete mit einem gewaltigen Ruck eine Tupperware-Kuchendose. »Und jetzt hilf endlich mal mit!«

»Ich möchte auch Abenteuer erleben …«, murmelte ich vor mich hin. Aber sie hatten es trotzdem gehört, schauten mich alle drei an.

Ich wich ihren Augen aus. »Naja, ich möchte mehr erleben.

Es ist doch alles vorbestimmt und langweilig. Jeder Tag sieht gleich aus!«

Aus dem Augenwinkel sah ich Annemie den Kopf schütteln. Tamara kaute an ihrer Unterlippe und Janne sah mich an. Sie betrachtete mich neugierig, so von oben bis unten, als hätte sie mich noch nie gesehen. Dabei sitzt sie doch seit fast drei Monaten jeden Tag mit mir im selben Klassenzimmer.

»Ich find's nicht langweilig«, meinte Tamara.

»Egal, da vorne kommt auf jeden Fall der Sommer. Wir müssen weitermachen!«, meinte Annemie.

Tamara und Annemie stürzten sich sofort auf die restlichen Kuchen und ordneten sie auf dem Tisch an.

Janne lächelte mich an und wir kümmerten uns zusammen um das Wechselgeld.

Wir redeten nicht viel miteinander in dieser einen Stunde. Aber doch war es von da ab anders. Es war als hätte ich durch einen einzigen Satz angefangen für Janne zu existieren.

Der Andrang war riesig, irgendwie wollten alle gleichzeitig Kuchen essen. Aber trotzdem war die Stunde viel zu schnell vorbei. Während Tamara schon ihre Hände abwischte, stand ich einfach noch weiter da. Die Ablösung machte sich bereit, Annemie erklärte Nina, wie wir das mit den Kuchengabeln geregelt hatten, und Janne war die Erste, die verschwand. Sie lächelte mich noch einmal an, sagte »Ciao, bis später!« zu mir und verschwand in der Menge. Ich starrte ihren blauen Haaren hinterher.

»Was willst du denn von der?«, fragte Annemie und Tamara schaute mich nur an.

Ich zuckte die Achseln und wischte meine Hände ab. Aber in mir schrie es »ihre Freundin sein, ihre Freundin sein!«

Und genau das will ich noch immer. Ich schaue zur Stadt hinauf, zur Burgmauer. Hinter ihr steht die Sonne wie ein knallroter Ball. Tamara und ihre Eltern sind sicher schon fast da. Ich hätte es so schön haben können und einfach noch dazu.

Da piepst mein Handy schon wieder. Von wem die SMS jetzt wohl ist? »*Janne & Simon*« steht auf dem Display. Dabei habe ich ihnen noch gar nicht geantwortet. »*Gelände = Spitze*«, steht da, »*Haben tollen Platz unter Bäumen. Halten dir was frei!*«

Ich muss irgendwie hinkommen. Ob ich alleine trampen soll? So weit ist es doch gar nicht nach Osoppo, nur über die Berge. Ich ziehe meine Landkarte aus der Tasche. Es ist wirklich gleich hinter der Grenze. Nur durch Österreich muss ich noch durch. Ein leichter Wind kommt auf, zerrt an meiner Karte, fährt durch die Blätter der Bäume, die am Ufer entlang stehen. Mir ist kalt, ich falte die Karte zusammen, ziehe die Beine an, presse sie an mein T-Shirt. Ich habe einen Schritt gemacht, habe mich ein Stück so verhalten wie mein Traum-Ich in einem Traum-Leben. Ich habe Schiss vor dem Trampen, aber es wird mir wohl nichts anderes übrig bleiben. Janne und Simon. Simon …

Als wir später beim Schulfest an der Wand lehnten und Jannes Band zuhörten, hatte ich einmal den Eindruck, sie würde mir zublinzeln und mich anlachen. Mag aber auch sein, dass ich mir das nur eingebildet habe. Tamara brüllte mir ins Ohr, dass mir als klassischer Musikerin der Krach wohl ziemlich auf die Nerven gehen würde. Aber ich schüttelte den Kopf, brüllte ein »Ist doch gut!« zurück. Woraufhin sie mich ansah wie sie wohl zukünftig als Psychologin ihre Patienten mustert. Ich hörte sie »Pubertät« murmeln. Ihr Psychotick fing an mir auf die Nerven zu gehen.

Richtig schlimm wurde es dann erst in der Filmvorstellung, als wir nach einem grauenvoll pädagogischen Film von ein paar Sechstklässlern, den die mit ihrer Deutschlehrerin gedreht hatten – ich denke, er handelte von den Gefahren des Rauchens – und einer Stadtführung auf Englisch von Sommers achter Klasse (ügz!) Simons Film ansahen.

Simon war völlig schwarz gekleidet bis auf die roten Schuhe und grinste, als er den Projektor anschaltete. Ich war wirklich fasziniert von der animierten Mathelehrer-Kröte, und das nicht nur, weil sie so eine Ähnlichkeit mit unserem Mathelehrer hatte. Nur die Kröte war gezeichnet, der Rest real. Die Einstellungen waren einfach klasse. Ich meine, wer hat die Welt schon aus den Augen einer Kröte betrachtet? Am Ende der Vorführung gab es ziemlichen Beifall. Aber Tamara meinte: »Eine Kröte ist ein Symbol für ein Nichtverarbeiten in der analen Phase!« Ich hätte ihr am liebsten den Hals umgedreht, und Annemie, die Kuh, fragte auch noch, was eine anale Phase denn wäre. Daraufhin klärte Tamara sie über das Verhältnis der Menschen zu ihrer eigenen Scheiße auf. Aber ich hörte nicht zu. Ich sah Janne an, die vorne bei Simon stand, richtig stolz aussah und irgendjemandem hinter mir zuwinkte. Dachte ich zumindest. Das heißt, ich brauchte ziemlich lange um herauszufinden, dass sie mich meinte. Meine Knie zitterten, als ich nach vorne stolperte und Tamara und Annemie einfach stehen ließ.

»Hi«, sagte Simon zu mir und grinste mich an.

Ich schwöre, ich habe noch nie in meinem ganzen Leben so wunderbar grüne Augen gesehen. Auf jeden Fall brachte ich kein Wort heraus, konnte ihm nur zunicken.

»Hast du Lust noch ein bisschen mit zu uns zu kommen?«, fragte Janne.

Wieder konnte ich nur nicken. Soviel ich weiß, war nicht einmal Kai von den beiden eingeladen worden.

Irgendwo in der Nähe höre ich Kies knirschen. Mit einem lauten Knacksen schaltet sich mein Walkman ab. Ein Mann mit zerlumpten Hosen und Plastiktüten kommt auf mich zu, geht genau in meine Richtung. Er hustet, zieht ein kleines Fläschchen aus einer Plastiktüte und gießt es sich in den Mund. Dann starrt er mich an.

Ich schaue schnell weg, drehe meinen Kopf in Richtung Fluss, beobachte ein Grasbüschel, das, obwohl noch fest im Grund verankert, in der Strömung treibt.

4

Etwas fliegt neben dem Grasbüschel ins Wasser. Es ist die Schnapsflasche des Penners. Ich schaue ihr nach, sehe wie sie mit der Strömung davonschwimmt. Wieder das Knirschen von Kies. Der Penner kommt näher, kommt genau auf mich zu.

»Na, na, Mädel, hast‘ ein paar Groschen?« Er beugt sich über mich und ich muss die Luft anhalten, weil er so stinkt, nach Schnaps und Urin. Die Sonne ist mittlerweile nicht mehr zu sehen, der Himmel, rosa-gelb-hellblau gestreift, sieht aus wie auf einem Kitschposter. Ich weiche zur Seite aus, sage: »Ich habe selber kein Geld!«, und meine Stimme zittert ein wenig dabei.

»Ha, ha, wer's glaubt!« Der Penner streckt seinen schwarzbraunen Finger aus, hält ihn dicht vor meine Nase. »Hast sicher ein paar dicke Schecks vom Papi dabei!«

Ich stopfe den Walkman in den Rucksack, greife nach dem Rucksack und drücke mich unter dem ausgestreckten Arm des Mannes hindurch. Dann renne ich zum zweiten Mal an diesem Tag, renne auf die Brücke zu, wo eine Menge Leute sind. Ich verliere meine Ohrstöpsel und muss stehen bleiben. Ich drehe mich um.

Der Penner sitzt mit ausgestreckten Beinen auf der Bank und sieht aus, als würde er lachen. Ich schüttele mich und schniefe.

Ich merke, wie ich zittere. Ich muss weg von hier, muss einen Platz finden, wo ich sicher übernachten kann. Am Tag traue ich mich eher zu trampen, ganz bestimmt. Mein Geld reicht noch für ein Zimmer in einer Jugendherberge. Aber was soll ich dann essen? Tamara kann ich jetzt nicht anrufen. Am besten nicht an sie denken, es wird schwer genug ihr alles zu erklären. Und mit Annemie verstehe ich mich in letzter Zeit immer schlechter. Sie kann mir nicht verzeihen, dass ich beim Schulfest einfach mit Janne und Simon verschwunden bin, anstatt mit ihr und Tamara Eisessen zu gehen, wie wir es sonst jedes Jahr machen. Und Janne? Ich muss ihr erst beweisen, dass ich wirklich kein Baby bin.

Auf der anderen Seite des Flusses sind auch Bänke, ich muss nachdenken, entscheiden, wie ich am besten vorgehe. Ich nehme gleich die erste Bank, die am nächsten an der Brücke steht, und setze mich. Da kann ich um Hilfe schreien, wenn mich wieder ein Penner belästigt. Einen Zirkel habe ich leider nicht dabei. Den Zirkel hat Janne Robert ins Bein gerammt, als er sie unter der Bank begrapschen wollte. Und dabei hat sie so laut, dass es die ganze Klasse hören konnte, gesagt: »Das nächste Mal steckt er dir in den Eiern!« Seitdem hat der Robert keinen Versuch mehr gemacht.

Wir waren in Simons Zimmer, einem fast normalen Jungenzimmer. Fast normal deshalb, weil zwar ein Computer drin steht und irgendwelche Naturfotos an den Wänden hängen, so Wale und Regenwald und so, aber kein Bett da ist. Simon schläft anscheinend in einer Hängematte und hat ein riesiges Regal, das fast leer ist, weil die unzähligen Bücher über »Film« und die Videokassetten auf dem Boden herumliegen. Er sammelt, wie er sagt, »brauchbare Szenen aus dem Leben« auf Video. Janne hat ein wenig Platz auf dem Boden zum Sitzen freigeschaufelt und Simon hat mich angegrinst und sich Richtung Stereoanlage durchgekämpft. Ich habe mich gewundert, wie er mit seinen riesigen, jetzt bloßen Füßen durch die ganze Unordnung geturnt ist. Die Musik hat mich gewundert, zuerst kamen irgendwelche Orgelklänge und dann sangen ein paar Männer *»Beautiful songs we sing you, good tellings we bring you …«* Aber dann legte der Sänger plötzlich los. Er sang noch einmal voll laut *»we are the messenger …«* und dann setzte die Band ein. Janne und Simon, die mittlerweile auf dem kleinen, freigeschaufelten Platz neben mir saßen, begannen im Takt mit den Beinen zu wackeln. Bald wippte auch mein Fuß mit, fast automatisch. So habe ich zum ersten Mal in meinem Leben die I-Shen Rockers gehört und eigentlich auch Reggae, zumindest bewusst. So nennt sich ihre Musik.

»Kennst du die I-Shen Rockers?«, hat Simon gefragt und seine Stimme hat ganz anders geklungen, tiefer irgendwie und noch viel schöner.

Ich habe den Kopf geschüttelt.

»Mensch, dabei kommen die doch von hier, von Augsburg! Das sind doch bloß ein paar Kilometer«, hat Janne gesagt und dabei mit dem Kopf genickt, als würde sie sich das selber bestätigen. »Sogar bei uns waren die bekannt, weil sie so fetten, guten Sound machen!«

»Ist echt gut!«, habe ich gemurmelt, »habt ihr die schon mal gesehen?«

»Klar!«, meinte Simon und lächelte, »das ist immer voll die Party, du musst mal mitkommen auf so ein Konzert!«

»Hm«, sagte ich, »klar!« Und dabei dachte ich an das einzige Konzert, auf dem ich einmal war. Meine Eltern haben Tamara und mich hingefahren. Ich stellte mir vor, wie ich mit meinen Eltern vor der Konzerthalle ankomme und ihnen Simon und Janne zeige. Meine Eltern fänden sie sicher zu ausgeflippt und die beiden würden mich für ein Baby halten, wenn ich mit meinen Eltern aufkreuzen würde. Aber allein ... das würden sie mir garantiert nie erlauben.

»Was machst du eigentlich so in deiner Freizeit?«, fragte Janne.

Komischerweise war mir das plötzlich völlig peinlich.

»Äh, Lesen«, quetschte ich heraus, »und äh, Musik ...«

»Hören?« Sie schaute mich an.

»Ja, und machen!«

»Was spielst du denn?«, fragte Simon.

»Äh, Geige«, sagte ich und schaute auf meine Fußspitzen.

»Cool! Ich mag Nigel Kennedy!« Janne drehte mit dem Finger in ihrem Pferdeschwanz.

»Und Vanessa Mae ist auch nicht schlecht. Ich hab schon Stücke von ihr für ein Video hergenommen ...«, meinte Simon.

»Ich träume eigentlich davon Geige in der modernen Musik einzusetzen, in einer richtigen Band oder so«, sagte ich und spürte, wie ich rot wurde. Naja, ich hatte bisher noch nicht davon geträumt. Aber jetzt hatte ich damit angefangen.

»Coole Idee!«, meinte Janne, »hätte ich dir gar nicht zugetraut. So wie du in der Schule immer ...«

Simon kicherte, »Wir haben euch die drei Süßen genannt!«

Die drei Süßen! Ich verschluckte mich fast an meiner Spucke und schaute meine Söckchen an, geringelt rot-blau.

Auch Janne kicherte jetzt. »Ihr wart immer so brav und nett und angepasst. Ehrlich gesagt, habe ich schon gedacht, dass ihr nur lernt und Socken strickt und euren Eltern im Haushalt helft!«

Die eine Socke war mir leicht nach unten gerutscht. Ich spürte, wie mein Gesicht heiß wurde und rot.

»Mensch einfach richtig süüüß!« Simon verschluckte sich fast vor Lachen.

Und da merkte ich, wie ich wütend wurde. Einfach so richtig wütend.

Ich holte tief Luft und sagte: »Ihr müsst halt auch mal genauer hinschauen bei den Leuten!«

»Na, das ist doch gar nicht so einfach, wenn ihr euch hinter der ›braven-Töchter-Uniform‹ versteckt!«, sagte Janne. Aber sie hatte zu lachen aufgehört.

»Tut mir Leid, aber ihr habt einfach nicht so gewirkt, als würdet ihr euch irgendetwas trauen, was eure Eltern oder Lehrer nicht gut finden!« Simon hatte anscheinend etwas sehr Interessantes auf seiner Zehe entdeckt.

Sie waren ein Stück weiter von mir abgerückt und waren wieder eine Einheit und ich ganz allein. Ich dachte an Tamara und Annemie und an all das Normale daheim. Und mit einem Mal kam es mir so vor, als hätte ich meine einzige Chance verpasst dem normal-langweiligen Leben zu entfliehen. Ich wollte, dass sie wieder zu mir rücken. Ich wollte, dass wir zusammen sind und

Freunde. Der Sänger der I-Shen Rockers sang ein italienisches Lied *»voliamo l vostra situatione, voliamo per questo, la vostra nebbia …«*.

Und ich fühlte mich irgendwie furchtbar traurig. Ein paar Staubflusen tanzten in der Abendsonne.

Janne sang das Lied mit und Simon war immer noch mit seinen Zehen beschäftigt.

»Ich freue mich voll auf Italien!«, sagte Janne plötzlich.

»Fahrt ihr in den Ferien hin? Ich auch!« Plötzlich ging irgendetwas weiter. Vielleicht habe ich ja noch eine zweite Chance, dachte ich.

»Wir fahren aufs ›Sunsplash-Reagge-Open Air‹ nach Osoppo. Da soll echt klasse Stimmung sein und viele tolle Bands!« Simon ließ endlich seine Zehen in Ruhe und sah mich wieder an.

»Und die I-Shen Rockers spielen auch!«, sagte Janne.

»Hört sich gut an!«, meinte ich.

»Klar, und da ist so eine Kommune, die backen klasse Pizza auf einem richtigen Ofen und am Morgen frische Semmeln!«, schwärmte Simon.

Janne grinste und boxte ihn in die Seite. »Du Fresssack! Das Wichtigste ist doch die Musik!«

»Komm doch mit, Lucie, das wird echt klasse!«, meinte Simon.

Seine Augen. In diesem Moment hätte ich alles dafür gegeben mitzukommen, ehrlich. Aber meine Eltern würden das hundertpro nie erlauben.

»Wann ist das denn?«, fragte ich vorsichtig.

»Nächstes Wochenende gehts los! Neun Tage lang!«, schwärmte Janne.

»Wir trampen über Südtirol, weil wir da Bekannte haben. Die wohnen in einem richtigen Künstlerhof«, erklärte mir Simon, »deshalb fahren wir ja schon übermorgen.« Dann schaute er Janne an. »Sie könnte doch mitkommen, oder?«

»Hmhm!« Janne nickte.

»Ich fahr eigentlich, äh, nächsten Samstag selber weg!«, sagte ich.

»Schade!«, meinte Simon und mir wurde ganz warm und so ein komisches Gefühl breitete sich in meinem Magen immer mehr aus.

»Mit Mami und Papi?«, hat Janne gefragt und spöttisch gegrinst.

»Nö, äh, mit Tamara.«

»Ihr zwei? Wohin?« Janne grinste noch breiter.

»In die Toskana. Die haben da ein Ferienhaus auf dem Land, echt schön …«, habe ich herausgedrückt und war dabei irgendwie verlegen. Dabei mag ich das Haus von Tamaras Eltern wirklich. Es ist richtig alt und aus Stein und innen immer so schön kühl während draußen die Sonne runterknallt.

»Doch mit Mami und Papi!« Janne lachte.

Und ich musste an die Ausflüge und Besichtigungen mit Tamaras Eltern denken und an ihren Vater, der uns immer zu sämtlichen Sehenswürdigkeiten schleppt und aus seinem Reiseführer langweiliges Zeug vorliest.

»Naja«, Simon zuckte die Achseln, »manche mögen so was halt!«

Aber das Warme in seinen Augen war verschwunden. Ich zog die Knie an, mir war plötzlich auch irgendwie kalt.

»Wo in Italien ist das denn?«, habe ich gefragt, zuerst einfach nur um sie abzulenken.

Da schleppte Simon eine Karte an und breitete sie über den ganzen Büchern und Filmen aus. Dann hat mir Janne Osoppo gezeigt. Weil es eine Gesamtkarte von Italien war, habe ich auch Siena gesehen und dass Osoppo beinahe auf dem Weg liegt. Es sah aus wie eine kleine Spitze, ein Miniabstecher sozusagen.

»Tja, liegt echt toll, aber wenn du mehr auf Familyurlaub stehst!«, meinte Janne und ihr Lachen klang schon wieder etwas freundlicher.

Ohne richtig nachzudenken sagte ich: »Na, ich komme!«

»Und das erlauben deine Eltern?«, fragte Janne.

Ich schüttelte den Kopf. »Nö, bei denen müsste ich so tun als ginge alles nach Plan. Sie sind eigentlich ganz o.k., nur so superängstlich. Ich tue so als würde ich mit Tamara fahren und mache das dann heimlich!«

Die beiden starrten mich an. Aber das Geringschätzige war aus ihren Augen verschwunden. Ich kam richtig in Fahrt. »Ich fahre am Samstag los und komme zum Open Air. Tamara sage ich, dass ich später nachkomme. So kriegen meine Eltern nichts mit.«

»Du bist echt verrückt!«, sagte Janne und ich hatte das Gefühl, als würde sie ›Verrücktsein‹ wirklich bewundern.

Und Simon versprach, mir eine Reggaekassette aufzunehmen.

Wir verabschiedeten uns schon fast wie Freunde. Janne klopfte mir auf die Schulter und sagte: »Du bist echt cool, Lucie!«

Ich sah zu Simon hinauf, er grinste mich so lieb an, dass ich das Gefühl hatte, für diese Grinsen alles tun zu wollen, wirklich alles …

Am nächsten Tag fand ich eine Kassette im Briefkasten. Es war eine Karte dabei mit dem gleichen Aufdruck wie auf Jannes T-Shirt. »Lebe wild und ungewöhnlich«. Auf der Rückseite stand »Bis dann in Osoppo? Gute Reise! Janne und Simon«.

Tja und nun sitze ich hier. Ich kann nicht umkehren, ich will nicht umkehren. Hätten die Idioten auf der Postbank mir doch nur Geld gegeben. Es ist doch wirklich meins. Dann würde ich jetzt bald im Nachtzug sitzen und die Augen zumachen. Morgen früh wäre ich schon in Italien auf dem Open Air. Wenn meine Eltern wüssten, wo ich jetzt bin! Sie würden garantiert einen Anfall bekommen. Ich kenne ihre Litaneien über die Gefahren für ›junge Mädchen‹ auswendig. Aber was ist, wenn sie doch Recht haben? Wenn mir was passiert, also wenn mich jemand umbringt oder ausraubt oder vergewaltigt?

Ich ziehe mir die Cap weiter ins Gesicht und lege den Kopf auf den Rucksack neben mir. Ob ich eine Jugendherberge suchen soll? Oder lieber draußen schlafen und Geld sparen? Jetzt will ich auf jeden Fall nicht mehr lostrampen. Vielleicht morgen …

Da höre ich etwas, Schritte, die näher kommen, etwas Schabendes. Hoffentlich nicht schon wieder der Penner! Es klingt wie Räder, die über den Kies gezogen werden, ein Kinderwagen vielleicht oder ein Fahrrad. Ich vergrabe den Kopf noch tiefer im Rucksack, möchte mit niemandem sprechen.

»He, Mädchen«, sagt eine Frauenstimme, die mir irgendwie bekannt vorkommt. Ich hebe den Kopf ein wenig, schiele durch meine Haare hindurch.

Vor mir steht die alte Frau aus dem Zug. »Mädchen?«, sagt sie noch einmal, leiser diesmal, den Kopf leicht schräg.

»Ja?« Meine Stimme klingt etwas krächzig.

»Die Berge sind Richtung Süden, nicht wahr?«

»Hmhm«, ich nicke, sehe in die hellblauen Augen der alten Frau.

»Wo sind denn deine Freunde, die du treffen wolltest?«, fragt die Alte.

»Ich ... äh ... ich war zu spät!«, höre ich mich sagen. »Die anderen sind schon vorausgefahren.«

Die alte Frau sieht mich an, hat noch ein paar Falten mehr im Gesicht, senkrecht zwischen den Augenbrauen.

War die alte Frau nicht ganz wild darauf gewesen zum Meer zu kommen? »Wollten Sie nicht ans Meer?«, frage ich.

Die Alte schaut weg, schaut auf den Boden oder ihre Gesundheitslatschen, wer weiß? »Hm, also ... Das Zugfahren bekommt mir nicht gut«, sagt sie dann.

Dabei war sie doch im Zug so fröhlich gewesen, hatte aus dem Fenster gesehen, vom Meer geschwärmt und all das. Sie war doch so fest entschlossen gewesen zum Meer zu reisen.

»Wollen Sie dann gar nicht mehr ans Meer?«, frage ich.

»Doch, doch, natürlich.« Die alte Frau schaut mich immer noch nicht an, mustert die Mauer hinter mir. »Ich fahre jetzt per Autostopp«, sagt sie dann, »das ist viel bequemer.«

Die alte Frau hat es gut, die kann sogar am Abend lostrampen und braucht sich nicht zu fürchten. Einer Oma tut bestimmt niemand was, oder? Aber vielleicht könnte ich ja … Genau, das ist die Idee! Mit einer alten Frau kann mir nichts passieren, oder?

»Wohin zum Meer wollen Sie denn?«, fragte ich schnell.

»Einfach zum Meer, Mädchen!« Die Alte sieht mich an, sieht mir wieder direkt ins Gesicht.

Ich hole tief Luft und merke, dass ich lächle.

»Da haben Sie ja den gleichen Weg wie ich!«, sage ich und drücke mir selbst die Daumen. Hoffentlich klappt es! »Und mit dem Trampen haben Sie Recht. Nachtzüge sind immer so voll!«

Die Alte mustert mich. Ihr Blick wandert über mich, bleibt an meinem Brustbeutel hängen. Dann nickt sie. Vermutlich hat sie der Beutel davon überzeugt, dass ich sie nicht ausnehmen will.

»Wir könnten gemeinsam ein Stück fahren!«, sagt sie.

Ich springe auf. Ich bin gerettet. Simon, denke ich, Janne, ich schaff's! Am liebsten würde ich »Wunderbar!« rufen oder der Alten um den Hals fallen. Aber dann kann ich mich doch noch bezähmen und sage einfach nur: »O.k.«

Die Alte streckt die Hand aus, reicht sie mir und sagt: »Rosa Pfeiffer.«

Ich nehme ihre Hand, schüttele sie und sage »Lucie!«

»Lucie, wie?«, fragt Rosa.

»Lucie von Lucia.« Ich lasse ihre Hand wieder los und setze meinen Rucksack auf. Meinen Nachnamen braucht sie nun wirklich nicht zu wissen. Am Ende kommt das Ganze durch einen dummen Zufall doch noch raus und sie suchen mich. Dann ist es gut, wenn möglichst wenig Leute Bescheid wissen …

5

Ein leichter Wind weht, drückt mir das T-Shirt gegen Bauch und Brüste. Ich ziehe am T-Shirt, halte es zwischen Daumen und Zeigefinger.

Autos rauschen vorbei und die Bäume singen im Wind. Auch Rosa singt. Immer wieder wehen mir Melodiefetzen entgegen. Ich versuche die Fetzen zu einem Lied zu verbinden, suche in meinem Gedächtnis nach passenden Volksliedern und finde doch nichts. Rosas Melodie ist anders als alles, was ich bisher gehört hat. Überhaupt. Die alte Dame, die Bundfaltenhose, die lose über ihrem Hintern hängt, die ordentliche Bluse und das gestriegelte weiße Haar, von dem nur ein einziges Büschel in Unordnung ist, sich trotzig dem »Gehwind« stellt.

»Gehwind« nenne ich dieses Lüftchen, das einen so bloßstellt, meinen Körper so genau abzeichnet. Anscheinend gibt es dieses Lüftchen nur im Sommer, immer dann, wenn man vorwärts geht.

Die Streifen am Himmel werden schmaler. Mir ist kalt. Ich wechsele die T-Shirt-Haltehand und merke, dass sich der Abstand zu der alten Dame vergrößert hat. Die hat's gut, die muss ihr Gepäck nicht tragen, zieht es einfach so hinter sich her.

»Wollen wir hier?« Rosa bleibt stehen, die Räder des Wägelchens stoppen.

Ich stelle den Rucksack ab und zucke dann die Achseln. Ich habe keine Ahnung, bin schließlich noch nie getrampt.

Rosa öffnet ihr Wägelchen und nimmt eine Strickjacke heraus, eine himmelblaue mit Wollquasten und verschnörkelten goldenen Knöpfen.

Ich muss grinsen. Wenn Janne und Simon wüssten … Ich beuge mich zu meinem Rucksack hinunter und lasse die Schnallen aufspringen. Irgendwo da drin müsste doch ein Kapuzensweater sein …

Donnernd fährt ein LKW vorbei, bläst mir die Haare ins Gesicht. Rosa niest und sagt: »Na dann los!« Sie hebt die Hand und beginnt den Autos zu winken. Der Wind der vorbeifahrenden Autokolonne stellt ihre Haare noch mehr auf.

Sie erinnert mich an die Vogelscheuche, die ich in der fünften Klasse malen musste. Um nicht laut loszuprusten, beiße ich mir auf die Unterlippe, die salzig schmeckt. Ein Fetzen Haut löst sich ab.

Rosa holt ein Schultertuch aus dem Wägelchen und legt es sich um. Ein Schultertuch mit Fransen und roten Rosen. Dann hebt sie wieder die Hand und winkt.

Endlich habe ich das Sweatshirt gefunden. Ich klemme mir die Cap zwischen die Beine und ziehe sie über den Kopf. Ein rotes Cabriolet zischt vorbei, bläst mir Staub in die Augen. Rosa hustet und wedelt sich mit der Hand vor dem Gesicht herum.

»Können die nicht besser aufpassen!«, schimpft sie und winkt dann wieder.

Ein alter, blauer Passat knattert vorbei. Das kleine Mädchen auf dem Rücksitz winkt zurück.

»Warum winken die alle anstatt anzuhalten?« Rosa schüttelt den Kopf.

»Vielleicht sollten Sie es einmal so probieren!« Ich mache eine Faust, strecke einen Daumen hoch.

Zwei Traktoren holpern vorbei. Einer zieht einen Anhänger voll Gras. In der Kurve fällt ein Büschel hinunter, eine Grasspur vom Feld zum Hof. Der Gedanke gefällt mir. Mein Kopf ist voller Reggae-Musik.

Ich hole das Handy heraus, tippe eine Message für Simon und Janne. *»Hallo ihr; bin in Kufstein; trampe weiter. Lucie.«*

Dann lasse ich das Handy wieder in den Rucksack rutschen. Noch immer hat niemand angehalten. Rosa wippt von einem Fuß auf den anderen.

Plötzlich bremst ein roter Passat, blinkt und hält dann einige Meter vor uns. Die anderen Autos müssen anhalten. Ein gelber Golf hupt durchdringend und überholt dann.

Der Fahrer des Passats hat die Scheibe der Beifahrertür heruntergekurbelt. Er trägt einen buschigen schwarzen Vollbart. Es ist fast unmöglich seine Lippen zu sehen, wenn er spricht, nur der Bart schaukelt auf und ab.

»Los, kommen Sie schnell!«

Rosa nickt, packt ihr Wägelchen und marschiert los.

Ich schultere meinen Rucksack. Und dann folgen meine Turnschuhe ihren Gesundheitsschuhen.

»Wohin wollen 'se denn, Madame?«, fragt der Fahrer und schaut nur Rosa an.

Rosa lächelt, ihre dünnen Lippen scheinen zu glänzen. »Richtung Süden!«

Der Mann bekommt Falten auf der Stirn, reißt die Augen auf, die seltsam grün sind, und sagt dann: »Ich fahre nach St. Johann, wenn's genehm ist!«

Rosa schaut mich an und zuckt die Achseln. St. Johann, wird schon richtig sein. Ich nicke.

Der Fahrer öffnet die Beifahrertür. »Wollen 'se nun mit?«

»Danke gerne!«, sagt Rosa und lächelt wieder.

Ich öffne die hintere Tür, zerre das Wägelchen hinein. Es ist doch schwer, schwerer als mein Rucksack.

»Vorsicht, Mädchen, Vorsicht!«, sagt Rosa zu mir und lässt ihren Po auf den Beifahrersitz fallen.

Ich wuchte den Rucksack zum Wägelchen und merke, dass ich schwitze. Im Auto riecht es nach einer Mischung von abgestandenem Rauch und süßlicher Seife. Rosa schwingt die Beine ins Auto und schließt knallend die Tür.

»Bereit?«, fragt der Bärtige.

»Ja«, sage ich und sehe Rosas Kopf nicken.

Der Blinker tickert und der Bärtige gibt Gas. Am Rückspiegel hängt ein ›Wunderbaum‹, einer von diesen chemisch-stinkenden Dingern, die den Geruch im Auto verfeinern sollen. Als wir anfahren schaukelt er hin und her.

Der Bärtige drückt mit einem gelb-braunen Finger auf dem Radio herum. Digitale Zahlen kommen und gehen, unterbrochen von Rauschen und Melodiefetzen. *»I bin so schön, I bin so toll …«* Der Mann drückt wieder, drückt bis ein schnulziger Jungsgesang kommt, begleitet von einem digitalen Schlagzeug. Ich kuschle mich an meinen Rucksack. Im Rückspiegel sind die Augen des Bärtigen. Er mustert mich.

Ich schaue weg, versuche ihm auszuweichen.

Rosa lehnt sich zurück, wippt mit dem Kopf zur Musik. Draußen rauscht ein Wald vorbei, die Straße windet sich durch moosbewachsene Felsen. Meine Eltern sind sicher schon beim Abendessen. Mein Magen knurrt, ich habe viel zu wenig Proviant eingepackt. Morgen bin ich bestimmt bei Janne und Simon. Und sie haben ja gemeint, dass Trampen spannend wäre. Vielleicht darf ich sogar in Jannes Band mitspielen. Und Simon schaut mir wieder in die Augen, lächelt. Wenn ich meine Augen zumache, sehe ich seine ganz deutlich vor mir. Grüne Augen sind das Schönste auf der Welt …

»Nun«, sagt der Bärtige, »sind die Damen auf Urlaub?« Er lacht.

»Ungefähr«, Rosas Stimme klingt, als würde sie lächeln, »ich bin unterwegs ans Meer und das Mädchen auch!«

»Ach, sie sind nicht verwandt?«

Wieder begegnen mir seine grauen Augen im Spiegel, schnell lasse ich mir die Haare vors Gesicht fallen, nur ein schmaler Schlitz bleibt frei.

»Nein, nein«, plappert Rosa, »ich habe nur einen Enkelsohn, einJugendlicher … – wie soll ich sagen – viel zu verwöhnt, bekommt alles, was man kaufen kann. Meine Tochter und ihr Mann haben beide eine gute Stellung!« Sie nickt mit dem Kopf, ihr Haarbüschel wippt.

Die Augen des Mannes, die tiefe Falte zwischen den Brauen. Mich friert. Ich rolle den Aufschlag an meinen Ärmeln zurück, verstecke die Hände.

»Wir haben uns im Zug getroffen und sind uns dann in Kufstein wieder begegnet. So ein Zufall! Finden sie nicht auch? Wo wir doch den gleichen Weg haben …« Rosa redet und redet.

»Zufall!«, brummt der Bärtige und seine Augen kommen mir riesig vor im Rückspiegel.

Der Himmel ist dunkelblau. Schwarz heben sich die Baumriesen dagegen ab. Stetig geht es bergauf. Der Bärtige schaltet die Scheinwerfer ein, zwei Lichtkegel, die vor uns die Straße entlangrasen.

»Es ist wunderbar, dass wir den gleichen Weg haben. Zu zweit reist man viel bequemer«, sagt Rosa gerade.

»Ha!«, macht der Bärtige.

Ich kuschle mich näher an meine Geige, versuche an Simons Augen zu denken, aber der Bärtige stört mich.

»Und wo will das junge Fräulein denn hin?«, fragt er.

Rosas Kopf ruckt, sie dreht sich ein wenig um, hat rote Wangen. Ich sehe in ihre hellblauen, kleinen Augen.

»Ich wollte mit Freunden nach Italien«, höre ich mich sagen, »aber ich habe den Zug verpasst.«

»So, so!« Der Bart des Mannes zieht sich auseinander, im Rückspiegel sehe ich seine Zähne. Er sieht aus, als würde er mich gleich verschlingen. Aber vermutlich grinst er nur.

»Da fahren doch jede Menge Züge hin, da hättest du doch den nächsten nehmen können und den Freunden Bescheid sagen. Ihr jungen Dinger habt doch alle ein Handy.«

»Die aber nicht«, sage ich, »wir haben nur eines zusammen und das habe ich, aber wenn die ankommen, rufen sie mich garantiert an.« Ich bin ziemlich stolz auf mich. Vermutlich lerne ich das Lügen doch noch.

Aber an seinen Augen sehe ich, dass er mir kein bisschen glaubt. »Soso«, sagt er.

Wir fahren durch einen Ort, an riesigen ausgestorbenen Hotels vorbei. Vermutlich ist hier Wintersportgebiet.

»Woher kommt ihr beiden denn? Ich bin geschäftlich öfter in Deutschland unterwegs und kenne mich da auch ganz gut aus!«, sagt der Bärtige.

»Ich komme aus Rosenheim. Kennen Sie das?«, fragt Rosa, »ein echt schönes Plätzchen. Ich kann gar nicht verstehen, warum es meine Tochter in das laute, stinkige München zieht. Ich mag die Natur!«

»Klar kenne ich das«, meint der Mann, »ist ein nettes Örtchen. Aber die jungen Leute zieht es häufig in die Großstadt. Stimmt's, kleines Fräulein? Woher kommst du denn?«

»Schwabmünchen«, sage ich. Das kennt er bestimmt nicht. Ist doch so ein völlig unbekanntes Kaff. Fast alle Menschen, die ich bisher im Urlaub getroffen habe, fragen jetzt »Wo liegt denn das?«. Und ich muss erklären, dass das bei Augsburg liegt und manchmal sogar noch, dass Augsburg in der Nähe von München ist. Ihm nicht.

Er lacht und sagt: »Was für ein Zufall! Dort ist doch die Holzverarbeitung Ungerer! Kennst du die? Mit dem Toni Ungerer bin ich befreundet!«

Mir wird kalt, ich rutsche auf dem Sitz hin und her. Ungerer! Ausgerechnet der! Klar kenne ich den. Annemie heißt auch Ungerer und der Toni ist ihr Vater.

»Äh, nicht direkt«, sage ich, weil ich ja irgendwie antworten muss.

Ich sehe seine Augen im Rückspiegel. Wieder sieht es so als, als glaube er mir nicht.

»Ach wissen Sie was?«, meint er und schaut wieder auf die Straße. »Unsere Nachbarn haben Gästezimmer. Ich nehme Sie mit bis dorthin und wir können noch ein bisschen plaudern. Meine Frau würde sich bestimmt auch freuen!«

Seine Augen scheinen mich zu durchbohren. Er glaubt mir nicht. Ich muss raus hier! Ich rutsche auf dem Hosenboden hin und her. Irgendetwas muss mir einfallen. Ich sehe eine Tankstelle, beleuchtet von ein paar Straßenlaternen, und da kommt mir eine Idee.

»Ich muss dringend auf die Toilette«, sage ich mit meiner bravsten Mädchenstimme.

Und er hält wirklich an. Wir bremsen, werden langsamer und rollen auf die Tankstelle zu. Ich reiße die Tür auf, atme gierig die Nachtluft. Dann nehme ich meinen Rucksack und steige aus. Blöd, dass alles so kommen musste. Aber der ruft doch garantiert seinen Freund Toni an, so wie der schaut, und alles ist vorbei. Schade, das mit der Alten hätte doch prima geklappt und erzählen hätte ich es ja niemanden müssen. Niemand hätte gewusst, dass ich mich nur mit einer Oma zu trampen traue.

Aber da meint die Alte doch glatt: »Ach, da könnte ich vielleicht auch kurz austreten«, und öffnet die Beifahrertüre.

»Das Gepäck kannst du ruhig hier lassen, Fräulein!«, sagt der Bärtige. Aber ich schüttle den Kopf, sage noch immer mit der ›Braves-Mädchen-Stimme‹: »Meine Eltern haben gesagt, dass man sein Gepäck nicht aus den Augen lassen soll.«

Er brummelt irgendetwas und ich ziehe das Wägelchen der alten Frau auch noch heraus.

Ich werde einfach mit ihr verschwinden und dann trampen wir bei einem anderen mit.

Ich setze den Rucksack auf und packe Rosas Wägelchen. Der Bärtige folgt uns mit den Augen, als wir nebeneinander in Richtung Klo um die Tankstelle herum gehen.

Hinter dem Haus packe ich ihre Hand und laufe schneller, auf das Gebüsch zu.

»Aber Mädchen«, sagt sie »nicht so schnell!«

Ich packe ihre Hand noch fester. Es ist noch ganz schön weit bis zum Gebüsch.

Erst als wir kurz vor dem ersten Busch sind fängt sie an zu schimpfen: »He, Mädchen! Ich wollte zur Toilette! Hier sind wir völlig falsch!«

»Pst!«, sage ich nur und ziehe sie hinter einen Busch. Sie schaut mich erstaunt an.

»Was soll das denn?«, fragt sie, zum Glück etwas leiser.

»Das war ein ganz komischer Typ«, flüstere ich ihr zu. »Der hatte das Auto hinten voller komischer Pornohefte, so Frauen mit Riesentitten …«

Sie starrt mich an. Ich sehe in ihren Augen, dass sie erschrocken ist.

»Und mich hat der auch die ganze Zeit so komisch angesehen. Da habe ich Angst bekommen!«, füge ich noch hinzu.

»Mensch,«, flüstert sie, »wenn ich das geahnt hätte! Man glaubt ja nicht, was heutzutage so alles rumläuft. Der hat so nett gewirkt. Man sieht zwar viel im Fernsehen, aber das …«

In diesem Moment sehe ich den Fahrer um die Ecke kommen und halte mir schnell den Finger vor die Lippen: «Pst!«

Rosa bricht ab und hält meinen Arm fest umklammert, während wir ihn beobachten. Der Bärtige sieht sich suchend um, klopft an die Tür mit dem WC-Schild und wartet. Wir hören ihn rufen: »Wo bleiben Sie denn, Madame?«

Dann sehen wir wie er den Kopf schüttelt und wieder zurückgeht. Der Motor wird gestartet, das Auto fährt an. Wir sehen die Scheinwerfer die Bergstraße hinaufkrabbeln.

Dann ist es still. Nur ein paar Grillen zirpen. Und der Mond leuchtet hell und fast rund am grauschwarzen Himmel. Vielleicht hat Marco doch Unrecht mit den breiten Nasenlöchern, oder so eine Oma kriegt nicht mit, wenn ich lüge. Zum Glück hat sie mir geglaubt! Plötzlich kommt mir alles richtig komisch vor, ich muss aufpassen, dass ich nicht loskichere. Ich stehe mit einer fremden Oma im Gebüsch neben einer Tankstelle, irgendwo auf einer Landstraße in einem Ort, dessen Namen ich nicht einmal kenne.

Da lässt sie meine Hand los, sagt: »Ich glaube es wird Zeit, dass wir uns ein Quartier für die Nacht suchen!«

Ich nicke und stolpere hinter ihr her aus dem Gebüsch. Mein Handy piepst zweimal. Ich werde es irgendwann ausmachen müssen, damit die Batterie reicht.

Auf der Landstraße merke ich, dass meine Füße ganz feucht geworden sind.

Rosa steuert direkt auf ein riesiges Hotel zu, dessen Balkone sich terassenförmig nach oben schrauben. Ich tapse hinter ihr her. Bestimmt kann sie die Kosten erst einmal übernehmen. Später gebe ich es ihr dann zurück. Vielleicht gibt mir die Bank in Italien ja welches. Und sonst suche ich mir im Herbst einen Job und zahle meine Schulden dann zurück …

6

Die Eingangshalle des Hotels ist mit grünen, flauschigen Teppichen ausgelegt. Rosa hat Mühe ihr Wägelchen hinter sich herzuziehen.

Der Portier sieht auf. Er sitzt direkt unter einer gigantischen Kuckucksuhr und starrt mit einer goldenen Lesebrille auf der Nase in eine Zeitung. Er lächelt nicht. Ich sehe, dass er einen goldenen Kugelschreiber in der Hand hält und ein Kreuzworträtsel löst.

»Guten Abend!«, sagt Rosa und lächelt ihn freundlich an.

»Abend«, brummelt er.

»Wir hätten gerne ein Doppelzimmer, wenn möglich Parterre. Ich habe Höhenangst«, sagt Rosa.

Er nickt und greift murrend nach einem dicken Buch. Über ihm kommt ein Kuckuck dreimal aus seinem Häuschen. Es ist Viertel vor zehn. Ich muss gleich nachher meine Eltern anrufen.

»Zimmer 17«, knurrt er, »wie heißen Sie denn? Füllen Sie doch gleich mal den Anmeldeschein aus.«

»Mh, Emilie Feistenauer«, sagt die Alte.

Emilie Feistenauer? Hat sie nicht gesagt, dass sie Rosa heißt? So einen komischen Namen vergesse ich doch nicht, Rosa Pfeiffer. Emilie Feistenauer? Sie trägt es auch in den Anmeldeschein ein, Emilie Feistenauer, Hauptstrasse 13 a in Rosenheim.

Mit dem goldenen Kugelschreiber schreibt der Portier währenddessen »Emilie Feistenauer« hinter die 17 und schiebt uns dann einen Schlüssel mit riesigem goldenen Anhänger, auf dem ›17‹ steht, entgegen. Dabei schaut er schon wieder in sein Kreuzworträtsel, murmelt »Hauptstadt der Ukraine« vor sich hin.

»Vielen Dank«, sagt Rosa-Emilie, »und die Hauptstadt der Ukraine ist Kiew mit ›w‹ hinten.«

Der Portier schaut überrascht auf, grinst dann ein wenig und murmelt »Danke«. Sein Kugelschreiber gleitet über das Papier.

Ich laufe hinter Rosa-Emilie her den Gang entlang. Die Räder ihres Wägelchens rattern auf dem Parkettboden. Ob es vielleicht doch naiv von mir war, ihr einfach so zu vertrauen? Fernsehfilme mit bösen Omas fallen mir plötzlich ein. Was ist das für eine, die einen falschen Namen angibt? Vielleicht ist sie verrückt oder verwirrt? Da sollen die Leute ja auch manchmal nicht mehr wissen, wie sie heißen …

Rosa-Emilie steckt den Schlüssel ins Schloss und schließt die Türe auf. Nach ihr dränge ich mich auf den rosaroten Plüschteppich. Alles im Zimmer ist rosa und weiß, das gigantische Doppelbett, der kleine Tisch und der Frisierspiegel. Auf der weißen Tapete sind Reihen von rosa Prägeblümchen. Ich nehme den Rucksack ab und schließe meine Hand fest um das Handy. Am besten frage ich sie einfach, stelle sie zur Rede, dann finde ich schon raus, ob sie verrückt ist.

»Wie heißen Sie denn nun?«, frage ich, »Rosa Pfeiffer oder Emilie Feistenauer?«

Sie schaut mich an und grinst dann ein wenig. »Rosa Pfeiffer natürlich. Das hab' ich dir doch gesagt, Mädchen.«

»Aaaber warum …«, stottere ich.

»Ach so«, sie grinst noch breiter, »auf so Hotelanmeldungen und Preisausschreiben gebe ich immer einen falschen Namen an. Bei den Halunken weiß man nie, man bekommt sonst jede Menge Werbung ins Haus geschickt!«

Ich muss grinsen. Meine Hand lockert sich ein wenig.

»Na, dann wollen wir es uns mal bequem machen, Mädchen!« Sie streicht mit der Hand über die weiße, hart aussehende Bettdecke und lächelt.

Ich nicke.

»Welches Bett willst du, Mädchen?«

»Egal!«

»Dann nehme ich das neben der Toilettentür. Möglicherweise muss ich in der Nacht raus.« Sie öffnet die Schnallen ihres Wägelchens und holt einen kleinen Teddybär mit Lederhose heraus. Sie streicht dem Bären mit der Hand über das Gesicht und murmelt: »Na da schaust du, Matheo …«

Ich muss grinsen. Ich rede schon lange nicht mehr mit meinen Puppen.

Vorher hat doch mein Handy gepiepst? Ich hole es aus dem Rucksack. Wirklich. »Kurzmitteilung erhalten«. *»Janne & Simon«, pass bloss auf dich auf und mach keinen Scheiss. Gruss Simon.«* Von ihm. Heißt das, er macht sich Sorgen um mich? Meine Finger fangen an zu kribbeln. Vielleicht mag er mich ja wirklich? Aber irgendwie kann das doch nicht sein … Ich meine, er hätte Kai haben können …

Rosa kramt wieder in ihrem Wagen, holt ein paar eingewickelte Päckchen heraus. Ich gehe auf »Antworten« und schreibe: *»Hi Simon. Mach dir keine Sorgen. Trampe mit netter Frau, sind gerade im Hotel. Lucie.«*

Rosa sitzt am Tisch, packt die Päckchen aus. Brot kommt zum Vorschein, Wurst, Käse und ein Messer.

Mein Magen knurrt. Ich packe das Handy wieder weg und wühle in meinem Rucksack. Das Einzige, was ich noch finde, ist ein verdrückter Müsliriegel. Ich setze mich zu Rosa an den Tisch und packe ihn aus. Sie hat eine Scheibe Brot abgeschnitten und belegt sie mit Käse. Ich muss wegschauen.

»Piep, piep« macht mein Handy. Rosa brummt irgendetwas, das sich anhört wie »Dieses ewige Gepiepse heutzutage …«.

Ich stehe schnell auf und sehe nach. Simon schreibt. *»Ist sie auch wirklich vertrauenerweckend???«* Ich muss grinsen, schaue schnell noch einmal zu Rosa hin, die gerade in ihr Käsebrot beißt, und tippe dann. *»Klar. Ist wirklich alles wunderbar. Schönen Abend!«* Mir ist warm. Er mag mich, mag mich wohl wirklich …

Ich knabbere an meinem Müsliriegel herum. Er schmeckt lack. Hätte ich doch nur auch ein Brot gekauft!

»Hast du keinen vernünftigen Proviant mit? Ein guter Proviant ist Gold wert, sagte meine Tante Margarete immer.« Rosa schneidet noch einmal eine Scheibe Brot ab. Es riecht wunderbar.

»Möchtest du lieber Wurst oder Käse, Mädchen?«

Ich schaue sie an.

»Ich kann Hungerleidern nicht zusehen. Wurst oder Käse?«

»Käse«, sage ich, »aber das ist dann wirklich nicht nötig …«

»Papperlapapp!« Sie schneidet eine extra dicke Scheibe Käse ab, legt sie auf die Brotscheibe und reicht sie mir.

Ich wusste gar nicht, wie gut Käsebrot schmecken kann.

Sie selber nimmt Wurst. Wir schweigen und sehen aneinander vorbei. Vielleicht war es doch nicht richtig, einfach so mit einer fremden Frau ins Hotel zu gehen, auch wenn sie eine Oma ist.

»Haben Sie eigentlich …«, sage ich und räuspere mich, »einen besonderen Grund, warum Sie ans Meer fahren wollen?«

Sie lächelt und ihre kleinen Augen fangen an zu leuchten. »Ach«, sagt sie, »ich wollte schon immer ans Meer. Seit ich ein kleines Mädchen war träume ich davon, wie es wohl aussieht und riecht …«

»Sie waren noch nie am Meer?« Das kann es doch nicht geben! Ich meine, am Meer war doch praktisch jeder schon mal.

»Nein.« Rosa streift ihre Finger an der Serviette ab. »Noch ein Brot?«

Ich nicke und sie macht mir noch eines, wieder mit Käse.

»Als ich ein kleines Mädchen war, also ewig her, noch vor dem Krieg, da habe ich bei dem Dorfarzt Fotos vom Meer gesehen. Und obwohl die schwarz-weiß waren, waren sie so wunderschön, dass ich am liebsten gleich hingefahren wäre.« Ihre blauen Augen blitzen, und wenn man sich den Rest wegdenkt, also die Falten und all das, könnte man glauben, sie wäre nicht älter als ich, so unternehmungslustig sieht sie aus und mutig irgendwie.

»Naja, mein Vater hat mir den Vogel gezeigt und meine Mutter hat mir versprochen, einmal mit mir zum Chiemsee zu fahren, wenn wir Zeit hätten. Tja, dann kam dieser vermaledeite Krieg und der Aufbau und all das und niemand außer mir dachte ans Meer.«

Sie hört auf zu erzählen und ihre Augen glitzern feucht. Am liebsten würde ich ihr die Hand drücken.

»Und später?«, frage ich, »als Sie erwachsen waren?«

»Mein Mann liebte nur die Berge. Obwohl er nie am Meer war, behauptete er, er würde das Klima nicht vertragen.« Sie macht eine wegwerfende Handbewegung. »Aber das ist alles lange vorbei!«, ihre Stimme klingt plötzlich hart, »Ich mache mich jetzt bettfertig. Es ist schon spät!«

Sie steht auf, holt ein Bündel aus ihrem Wagen und marschiert dann auf die Badezimmertür zu, schaltet das Licht ein. Surrend springt der Ventilator an.

Ich schaue auf die geschlossene Badtür. Sie will ans Meer, weil sie davon träumt, seit sie ein Kind ist. Komisch und doch schön. Dabei fallen mir meine Eltern ein. Ich muss sie dringend anrufen! Und jetzt ist die Gelegenheit, wo die Alte im Bad ist.

»Hallo Mama – nein, ich kann nicht lauter reden, die Tamara pennt schon – doch, die Fahrt war gut – ja, ja – es ist schön hier – gute Nacht und Grüße an die anderen.«

Ich starre mein Handy an. So angelogen habe ich meine Mutter noch nie. Und alles wegen Simon und Janne. Nö, halt, das stimmt so nicht. Eigentlich ist es wegen mir. Weil ich davon träume mit ihnen auf dem Open Air zu sein statt mit Tamara in ihrem Ferienhaus. Aber jetzt ich bin hier in Österreich und habe eine Oma kennen gelernt. Wenn ich nur meiner Mutter davon erzählen könnte, oder irgendjemandem … Naja, es wäre ihr garantiert nicht recht. Ich denke an Jannes T-Shirt auf dem steht »Lebe wild und ungewöhnlich!«. Und schließlich ist es doch mein Leben, mein einziges. Und ich will wirklich, dass es ein Abenteuer wird.

Die alte Frau kommt aus dem Bad und hat eine Art Nachthemd an, ein geblümtes Etwas mit einem Teddybären auf der Brust. Ihre Füße sind schmal und mit blauen Adern überzogen. Sie legt sich ins Bett und deckt sich zu, schaltet die Nachttischlampe mit den rosa Fransen an.

Ich schlurfe ins Bad. Hier ist auch alles rosa, der Fransenteppich und die Handtücher, sogar die Klobrille. Ich schütte mir etwas kaltes Wasser ins Gesicht und schaue mich im Spiegel an. Auf der Nase habe ich einen neuen Pickel. Ich quetsche ihn mit den Fingern aus. Eine kleine weiße Wurst. Meine Haare hängen mir lasch neben dem Gesicht hinunter. Vielleicht könnte ich sie mir abschneiden? Eine ganz neue Frisur haben? Ich fühle mich so anders und mein altes Gesicht passt überhaupt nicht dazu. Auf der Ablage steht eine geblümte Toilettentasche. Die gehört bestimmt der Alten. Ob sie eine Schere drin hat?

Ich weiß, eigentlich wühlt man nicht in fremden Sachen. Das gehört sich nicht. Rosa hat eine Zahnbürste dabei, einen goldenen Kamm und eine Nagelschere. Sie ist an der Klinge ein wenig verrostet. Ich nehme sie in die Hand, öffne sie, fahre mir in die Haare. Zack. Die erste Strähne liegt im Waschbecken. Mein Haar sieht komisch aus, so einfach über dem Ohr abgeschnitten. Aber ich mache weiter. Bald liegt das ganze Waschbecken voll, ein Nest aus hellbraunen Strähnen. Mein Kopf fühlt sich ganz anders an, wunderbar leicht. Aber ich sehe seltsam aus, wie mein kleiner Bruder, als er sich heimlich im Kindergarten die Haare mit der Bastelschere abgeschnitten hat. Meine Augen kommen mir plötzlich riesengroß vor. Oh Gott! Wenn mich so jemand sieht? Simon! Oh nein! Wie soll ich je wieder aus dem Bad kommen?

Bin das wirklich ich, die im Spiegel? Ich schaue mir zu, sehe wie meine Augen feucht werden und zu schwimmen anfangen. Schnell wische ich die abgeschnittenen Strähnen zusammen und werfe sie ins Klo. Das Spülwasser schwemmt sie nicht vollständig weg, ein paar bleiben hängen. Ich spüle noch einmal. Dann lasse ich das Waschbecken voll laufen, versuche auch hier die Haare rauszubekommen. Dieses Wesen im Spiegel …

Ich lasse mich auf die Klobrille fallen und lehne die Stirn an die kalte Wand. Hoffentlich habe ich alles nur geträumt. Wenn ich jetzt dann die Augen aufmache, habe ich meine Haare wieder.

Ich fühle schon einmal nach. Die Strähnen kitzeln mich im Ohr. Scheiße!

»Mädchen? Bist du auf der Toilette eingeschlafen?« Rosas Stimme, draußen vor der Tür.

»Nein, ich habe was Blödes gemacht!«

»Ich habe dich nicht verstanden!«

»Ich habe mich … ich sehe total bescheuert aus!«

»Ich verstehe nicht! Darf ich reinkommen?«

Ich nicke. Aber das sieht sie ja natürlich nicht. Sie macht trotzdem die Türe auf und starrt mich an. Dann schlägt sie die Hände zusammen.

»Oh Gott, Mädchen! Warum?«

»Ich … äh, ich habe mich so anders gefühlt. Und jetzt sehe ich so hässlich aus …« Ich merke, wie mir die Tränen die Wangen hinunterlaufen und vergrabe mein Gesicht in den Knien. Das mit Simon und Janne kann ich wohl endgültig vergessen, so wie ich jetzt aussehe!

»Ach Mädchen …« Ihre weiche Hand berührt meinen Kopf, »nicht weinen, das kriegen wir schon hin.«

Sie streichelt meine Haare. Ich schluchze.

»Ich habe meiner Tochter immer die Haare geschnitten als sie klein war. Das wird schon noch gehen. Lass mich einmal sehen!«

Sie fasst mir unter das Kinn und drückt mein Gesicht nach oben.

»Du wirst allerdings ziemlich kurze Haare bekommen.«

Ich nicke. Sie nimmt ein Handtuch vom Haken und legt es mir um die Schultern.

»Am besten du setzt dich drüben auf einen Stuhl, damit ich richtig hinkomme. Wenn ich doch nur eine richtige Schere hätte.« Sie sieht sich suchend im Bad um.

»Ich habe ihre Nagelschere benutzt! Es tut mir Leid …«, sage ich und wische mir mit dem Arm das Gesicht ab.

»Na, zur Not muss das gehen. Komm mit!« Sie packt die Schere und tapst aus dem Bad.

Als ich nach draußen komme, ist sie gerade dabei sich die Strickjacke mit den Bommeln überzuziehen.

Ich sitze auf dem Stuhl und Rosa schnippelt an mir herum. Sie nimmt immer eine Haarsträhne zwischen zwei Finger und schneidet sie dann ab. Das fühlt sich gut an, aber ich hoffe, ich sehe hinterher wieder so einigermaßen aus. Den Strähnen zufolge, die sie auf den Tisch fallen lässt, müsste ich völlig kahl sein. Sind das viele!

Endlich legt Rosa die Schere auf den Tisch, sagt: »Fertig!«

Ich fahre mir mit den Händen über den Kopf. Mensch sind meine Haare kurz! Sie haben etwa noch die Länge von einem halben Bleistift.

»Schüttle mal den Kopf!«, sagt Rosa.

Ich schüttle und meine Haare fliegen noch immer.

»Willst du nicht in den Spiegel schauen?«, fragt Rosa und hat ganz rote Bäckchen.

Ich stehe auf, meine Füße sind wackelig.

Aus dem Badezimmerspiegel schaut mich ein fremdes Mädchen an. Sie sieht frech aus. Ich grinse sie an und sie grinst zurück.

»Gefällt es dir?«, fragt Rosa, die plötzlich im Spiegel hinter mir auftaucht, ein Handtuch voller Haare im Arm.

Ich nicke und die Fremde nickt mit. Rosa strahlt über das ganze Gesicht und schüttelt das Handtuch über dem Klo aus.

Jetzt bin ich bestimmt keine von den »drei Süßen« mehr, jetzt bin ich eine Freche.

»Jetzt ist aber höchste Zeit fürs Bett!«, sagt Rosa und verschwindet wieder im anderen Zimmer.

Ich lächle die Freche im Spiegel noch einmal an, strecke ihr dann schnell die Zunge heraus und mache das Licht aus.

Rosa liegt neben mir im Bett und schläft. Sie atmet laut, fast ein Schnarchen. Ich sehe den Mond draußen hinter einen Baum stehen und höre die Grillen zirpen. Ab und zu nur das Brummen eines Autos.

Die Bettdecke ist steif und fast kratzig. Ich fahre mir immer wieder durch die Haare. Wie Janne und Simon mich wohl finden werden? Irgendwie bin ich plötzlich davon überzeugt, dass alles gut werden wird. Ich bohre meine Nase in das Kissen. Es riecht nach einem fremden Waschmittel. Dann stelle ich mir vor, wie ich nach den Ferien mit Janne und Simon im Pausenhof stehe. Janne bringt mir das Jonglieren bei und Simon lächelt mich an. Vielleicht nimmt er sogar meine Hand. Seine fühlt sich trocken an und ein bisschen hart. Wenn ich sie mir fest vorstelle, kann ich sie fast fühlen …

7

Etwas rüttelt an meinem Arm. Ich schüttle es ab.

»Aufstehen, Mädchen!«, sagt ein Stimme.

Ich mache die Augen auf. Im Zimmer ist es dunkel, nur eine kleine Nachttischlampe brennt. Vor mir steht eine alte Frau, komplett angezogen mit Bluse, Jacke, Schuhen und Hut.

»Wir müssen weiter, Mädchen!«, sagt sie.

Ich starre sie ein. Da fällt mir alles wieder ein. Rosa, das Trampen, Simon, Janne und mein Haar. Ich fahre mir über den Kopf. Es ist wirklich kurz.

»Aber es ist doch noch gar nicht richtig hell!«, murmle ich.

»Bald!«, sagt sie nur und zieht an meiner Bettdecke.

Ich hasse das. Aber ich sage nichts, seufze nur und schwinge meine Beine aus dem Bett.

Während ich mich anziehe läuft sie im Zimmer auf und ab. Ich binde gerade meine Schuhe zu, da fragt sie: »He Mädchen, könntest du dieses Mal das Hotel bezahlen?«

Aus Versehen mache ich einen Doppelknoten. Ich, bezahlen?

»Äh, nö«, stottere ich, »ich habe zwar mein Sparbuch mit, aber die Österreicher wollen mir nichts geben. Ich dachte, Sie könnten mir vielleicht etwas Geld auslegen bis wir in Italien sind …«

Sie starrt mich an und schüttelt dann den Kopf. »Schlecht, schlecht!«

Plötzlich hellt sich ihr Gesicht wieder auf. »Na, dann mach schnell!«, sagt sie.

Ich lasse den verhedderten Knoten sein und mache einfach noch eine Schleife obendrauf.

Rosa macht das Fenster ganz weit auf. »Ich klettere zuerst hinaus und du reichst mir die Sachen, Mädchen!«, sagt sie.

Ich kann es nicht fassen. »Sie wollen doch nicht etwa zum Fenster …?«

»Uns bleibt keine andere Wahl!«

»Aber ich dachte Sie hätten …«

»Jetzt ist keine Zeit für Fragen. Wir reden später!«, sagt sie und sitzt bereits auf dem Fensterbrett. Dann schwingt sie die Beine hinüber und verschwindet. Ich gehe zum Fenster. Es ist wirklich nicht besonders hoch. Rosa steht draußen im Gras und sagt: »Los, gib mir die Sachen!«

Ich hole ihr Wägelchen und wuchte es zum Fenster hinaus. Es ist so wahnsinnig schwer. Was sie da nur alles drin hat? Im Hotel gegenüber brennen ein paar Lichter und der Himmel ist nicht mehr ganz so schwarz. Ich nehme meinen Rucksack und reiche ihn ihr. Dann springe ich selbst hinterher.

Die Straßen sind menschenleer. Nur in der Ferne ist ein Traktor zu hören und das Zwitschern der Vögel. Schweigend wandern wir nebeneinander her. Mir ist kalt. Ich ziehe die Ärmel meines Sweatshirts lang. Am Ende des Ortes liegt ein großer

Stein. Rosa bleibt stehen.

»Wollen wir erst mal Kaffee trinken?«, sagt sie und stellt ihr Wägelchen daneben ab. »Das braucht noch ewig bis die entdecken, dass wir weg sind. Und bis dahin haben wir längst ein Auto angehalten und sind über alle Berge!« Sie lächelt.

Ich hätte nie gedacht, dass alte Leute betrügen. Hoffentlich kommt wirklich irgendwann ein Auto.

Rosa holt eine Thermoskanne aus ihrem Wagen, breitet ein kariertes Küchentuch auf den Stein und setzt sich daneben. Der Kaffee, den sie in ihre Plastiktasse gießt, ist hellbraun und dampft kein bisschen mehr.

Sie nimmt einen tiefen Schluck und seufzt.

»Hier, Mädchen, nimm auch einen Schluck!«, sagt sie dann und reicht mir das Ganze.

Der Kaffee ist lauwarm und pappsüß, richtig eklig. »Danke«, sage ich, »aber ich trinke nicht so viel Kaffee!«

Sie lächelt und schlürft weiter ihren Kaffee, als wäre er frisch und heiß.

»Haben Sie wirklich kein Geld dabei?«, frage ich.

»Ich hatte, ich hatte!«, sagt sie und knallt den Plastikbecher auf den Stein, »aber meine Tochter Susanne, dieses undankbare Biest … Stell dir vor, Mädchen, ich hatte genügend Geld abgehoben und meine eigene Tochter hat es mir einfach aus der Tasche genommen. Sie muss es gewesen sein. Als ich eine Fahrkarte kaufen wollte habe ich es gemerkt. Das ganze Geld war weg, nur meine alte Geldbörse ist noch da! Das war schrecklich peinlich! Das Fräulein am Schalter muss gedacht haben, ich hab sie nicht mehr alle beisammen!« Sie schüttelt den Kopf und gießt dann mit einem einzigen Schluck den restlichen Kaffee hinunter. »Seit mein Mann, der Georg, tot ist, benimmt sie sich ganz seltsam, schnüffelt bei mir herum. Man wird doch noch sein eigenes Leben haben und seinen Lebensabend genießen dürfen. Wofür hat man schließlich sein ganzes Leben lang geschuftet?« Wütend schraubt sie den Deckel wieder auf die Kanne. »Sie tut, als wäre ich ein kleines Kind, und fängt an mich zu bemuttern. Dabei bin ich doch die Mutter! Es kann schließlich jedem mal passieren, dass er etwas vergisst! Aber die führt sich gleich immer so auf. Da habe ich ein Mal nicht dran gedacht beim großen Sturm die Fenster zu schließen, ein Mal!«

Sie schüttelt den Kopf und steckt die Thermoskanne wieder in ihr Wägelchen. »Gut, ein paar alte Möbel sind jetzt hinüber. Aber deshalb braucht man sich doch nicht derart benehmen gegenüber der eigenen Mutter!«

Sie streicht sich über die Hosen, als wolle sie unsichtbare Flusen wegputzen, und sagt dann: »Wenigstens das mit dem Meer könnte sie einmal ernst nehmen, aber sie sagt immer ›ja, ja Mutter‹, als wäre ich ihr vermaledeiter Sohn und hätte mal wieder einen unmöglichen Wunsch! Aber die wird schauen! Ich komme ans Meer. Da kann diese Person von Tochter Gift darauf nehmen!«

Ich schaue sie an. Ihre Augen funkeln und sie sieht plötzlich aus wie sechzehn, obwohl sie doch mindestens siebzig ist.

Mensch, und ich dachte, sie könnte mir Geld auslegen bis Italien! Was nützt mir das Ganze jetzt? Naja, besser als alleine trampen, das mit dem Hotel hätte ich mich nie getraut!

»Wo wollen Sie, äh du eigentlich genau hin?«, frage ich.

»Einfach zum Meer!«, meint sie.

»Aber da gibt es echt unendlich viele Orte«, sage ich. »Wohin willst du denn?«

»Ich zeig's dir!«, sage ich und hole meine Landkarte.

Mit dem Finger zeige ich ihr, wo wir jetzt sind, wo wir gestern waren und wo ich hinwill.

Rosa hat sich zurückgelehnt, die Augen zugekniffen. Vermutlich sieht sie schlecht, wie mein Physiklehrer. Der ist auch schon älter.

»Sie könnten zum Beispiel …«, sage ich und fahre mit dem Finger an der Adria entlang, »nach Venedig fahren. Da ist es ganz toll.«

»Die Stadt mit den Tauben! Ja, Venedig muss ich unbedingt sehen!«

»Aber das Meer ist da nicht so toll. Wenn man das Meer so richtig sehen will muss man eher in einen Touriort fahren.«

Ich sehe sie an, sie nickt: »Also erst an einen anderen Ort und dann nach Venedig!«

»Caorle ist nett«, sage ich, »da war ich als kleines Kind mal mit meinen Eltern.«

Meine Eltern. Irgendwie ist es noch gar nicht so lange her, dass ich mit ihnen dort war und im Sand gespielt habe. Mein Vater hat mit Marco und mir immer riesige Burgen gebaut, mit echtem Burggraben. Jeden Abend wurden sie überschwemmt.

»Caorle hört sich gut an«, meint Rosa und nickt vor sich hin, »Caorle am Meer!«

»Dann haben wir noch ein ganzes Stück gemeinsamen Weg!«, sage ich.

Sie nickt, lächelt, scheint sich zu freuen. Aber wenn sie beim nächsten Autofahrer wieder so viel plappert, kommen wir nicht weit.

»Weiß Ihre Tochter denn nicht, dass Sie hier sind?«, frage ich.

»Nein!«, sagt sie und kichert leise.

»Und wenn sie Sie nun suchen lässt?«

Die Alte sieht plötzlich ganz erschrocken aus. Fast tut sie mir Leid. Deshalb erlöse ich sie schnell und schlage ihr meine Idee vor. »Wir müssen uns eine gute Geschichte ausdenken. Niemand sucht nach uns beiden zusammen!«

»Eine Geschichte?«, fragt sie.

»Ja. Sie sind meine Oma und wir fahren zu Verwandten oder irgendwas in der Art!«

»Und die Verwandten haben ein Häuschen am Meer«. Ihre Augen leuchten schon wieder. »Aber du musst mich anders nennen, Mädchen, Oma oder Rosa.«

»Wie wär's mit Oma Rosa?«

»Oma Rosa, das gefällt mir!« Sie lächelt.

»Da müssen wir uns die Hand drauf geben!«, sage ich und strecke ihr meine entgegen.

Sie nimmt sie.

»Abgemacht!«, sage ich.

»Abgemacht!«, wiederholt sie.

In diesem feierlichen Moment knurrt mein Magen laut und vernehmlich.

»Ich habe Hunger!«

»Dann schauen wir mal, wo wir etwas herbekommen!« Rosa

packt das Handtuch ein und schließt die Schnallen an ihrem Wägelchen.

Da höre ich, wie Motorengeräusche näher kommen. Rosa steht auf und streckt gleich den Daumen heraus. Ein großes Auto mit Anhänger taucht auf. Der Himmel ist heller geworden, hat ein paar rote Streifen. Ich bin gespannt, wie lange wir noch hier stehen.

Aber das Auto hält gleich an. Hinten im Anhänger muht etwas. Kühe. Der Mann, der das Fenster aufkurbelt, hat Latzhosen an und einen Hut auf dem Kopf.

»So früh schon unterwegs, die Damen?«, fragt er.

»Ja, wir wollen noch weit kommen heute, junger Mann!«, sagt Rosa.

Der Mann lacht. »So jung bin ich auch nicht mehr. Aber ich kann Sie nach Kitzbühel mitnehmen!«

»Famos!«, meint Rosa und öffnet die hintere Tür, um ihr Wägelchen einzuladen.

Im Auto riecht es nach Kuhstall. Durch das Fenster sehe ich, wie die Sonne langsam aufgeht. Der Himmel ist voller orangeblauer Wolken. Neben mir liegt eine durchsichtige Plastiktüte. Ich kann eine Menge Semmeln in Butterbrotpapier darin erkennen. Mein Magen knurrt noch lauter. Hoffentlich hört der Fahrer es nicht.

Wir halten an. Vor uns sehen wir das Ortsschild. Das müsste Kitzbühel sein.

»Hier muss ich abbiegen!«, sagt der Mann, »wenn ich die Damen hier rauslassen könnte?«

»Klar!«, sagt Rosa, »ein bisschen marschieren hat noch niemandem geschadet!«

»Ach das ist Ihr Geheimrezept!«, meint der Fahrer und lacht noch einmal. Dann steigt er aus und hält Rosa die Türe auf. Seine Hosenbeine sind unten voller Kuhscheiße. Als er das Wägelchen und meinen Rucksack auch noch herausgehoben hat, sieht er mich schräg von der Seite an.

»Na, Mädel, willst' a Semmel?«, fragt er.

Ich nicke und spüre, wie ich rot werde.

»Bitte schön!« Er drückt mir zwei der Butterbrotpapierteile in die Hand und steigt wieder ein. Ich schaue ihm nach.

»Auf Wiedersehen und gute Reise!«, ruft er zum Fenster hinaus.

»Schönen Tag noch, junger Mann!«, antwortet Rosa.

Ich sehe ihm nach, wie er davonfährt. Er winkt uns zu.

Wir sitzen auf einer Bank am Straßenrand und kauen an den Brötchen. Ich hätte nie gedacht, dass ich einmal morgens Leberkäse essen würde. Aber alles ist anders.

Ich strecke die Arme nach oben, schaue die Himmelsfetzen durch das Blätterdach hindurch an und wünsche mir fliegen zu können. Davon habe ich als kleines Mädchen immer geträumt. Ich dachte, ich würde eines Morgens aufwachen und hätte Flügel. Niemand könnte mich mehr einfangen und ich wüsste endlich, wie unsere Stadt von oben aussieht. Auch das Bergwandern wäre kein Problem mehr, ich könnte hinaufsegeln und meiner Familie von oben beim Schwitzen und Keuchen zusehen. Meine Eltern sind nämlich Bergfanatiker. Gerne erzählt mir meine Mutter, wie sie als sie mit mir hochschwanger war noch auf einen Berg gestiegen ist. Deshalb sind die beiden fest davon überzeugt, dass auch ich die Berge lieben müsste. Tu ich auch, aber nur, wenn ich nicht hinaufsteigen muss.

Meine Eltern – wie es denen jetzt wohl geht? Sie müssten mittlerweile aufgestanden sein. Wahrscheinlich war meine Mutter beim Joggen, das macht sie fast jeden Morgen. Dann sitzt sie mit Jogginghose und Stirnband am Frühstückstisch und ihre Backen leuchten rot. Mein Vater joggt nicht. Aber er spielt Handball. Auch mein Bruder ist sportlich. Seit er vier Jahre alt ist, ist er im Fußballverein. Komisch, wie ich in eine solche Familie hineingeboren werden konnte. Ich, die ich so unsportlich bin. Manchmal habe ich schon geglaubt, dass ich gar nicht ihr richtiges Kind bin und einen anderen Vater habe. Wenn sie mich jetzt nur sehen könnten …

Ich sitze neben einer alten Frau auf einer Parkbank irgendwo in Österreich und frühstücke Leberkäsesemmeln. Meine Mutter isst immer Müsli und mein Vater Marmeladenbrot. Wurst und Käse zum Frühstück finden sie pervers. Vielleicht ist es auch eine Art von Freiheit, all das umzudrehen und Eis zum Frühstück zu essen oder Pizza.

Rosa hat das Butterbrotpapier wie eine Serviette auf dem Schoß ausgebreitet. Langsam schiebt sie sich Bissen für Bissen in den Mund. Ihr Unterkiefer bewegt sich und all die Runzeln verändern ihr Muster. Irgendwie sehen alte Leute interessant aus, wie Landkarten, auf denen man lesen kann. Ob meine Eltern wohl auch einmal so aussehen? Oder ich selbst? Lieber nicht drüber nachdenken …

Mein Walkman. Ich setze ihn auf und die Musik übertönt die Vögel und das Rauschen vom Wind in den Blättern. Vielleicht gibt dann auch mein Kopf Ruhe. Ich muss weiter. Wann ist die Alte endlich mit essen fertig? Janne und Simon schlafen sicher noch. Bald, bald werde ich bei ihnen sein …

Wer bin ich? Wie kann ich ich selber sein, wenn ich nicht weiß, wer oder wie ich eigentlich bin? Bin ich Lucie, die brave Tochter, die mit den zwei anderen »Süßen« zusammen ist? Oder Lucie, die trampt und mit Simon und Janne befreundet ist? Wahrscheinlich bin ich nur eine Mischung, weil ich mich nicht alleine reisen traue, mit einer alten Oma unterwegs bin …

»… tell your mother, tell your father, tell your children too …«

Die Stimme klingt plötzlich dumpfer, das Lied wird langsamer und leiser, bricht dann ab.

»Verdammte Scheiße!«, schreie ich, »die Fuckbatterie ist leer!«

»Aber, aber, Mädchen …« Rosa mustert mich von der Seite, sieht mich mit ihren hellen Augen an.

Irgendwie nervt mich alles und sie ganz besonders. Am liebsten würde ich den Scheißwalkman ins Gebüsch werfen. Alles läuft so falsch. Wären Janne und Simon doch nur nie in meine Klasse gekommen! Dann würde ich jetzt in Ruhe mit Tamara im Garten ihres Ferienhauses sitzen.

»Was ist denn los, Mädchen?«, fragt sie noch einmal.

»Meine Batterie ist leer. Jetzt kann ich keine Musik mehr hören …«, sage ich und höre mich ganz furchtbar an, jämmerlich irgendwie und klein. Ganz anders, als ich in Wirklichkeit sein will.

»Was für eine Musik hörst du denn?« Sie sieht mich an, als würde sie sich ehrlich dafür interessieren.

»I-Shen Rockers, das ist eine Reggae-Band.«

»Singst du mir mal was vor?« Sie nimmt das Butterbrotpapier von ihrem Schoß und faltet es ordentlich zusammen.

»Das geht nicht!«, sage ich, »so was kann man nicht vorsingen, da kommt es nicht rüber. Und außerdem würden Sie wahrscheinlich eh sagen, dass das Katzenmusik ist.«

Ich packe den Walkman in meinen Rucksack. Adieu I-Shen Rockers, bis demnächst in Osoppo.

»Du, Mädchen, du! Ich bin deine Oma Rosa, vergiss das nicht!« Sie droht mir spielerisch mit dem Zeigefinger und lacht dann. »Katzenmusik? Sagt man das heutzutage auch noch? Meine Eltern sagten auch, dass Jazz Katzenmusik wäre. Und mein Mann, der mochte nur volkstümliche Musik. Die finde ich furchtbar!«

»Sie mögen keine Volksmusik?«

»Doch, richtige schon. Aber nicht dieses – ah, das ist einfach keine Musik, Mädchen. Ich mag lieber was, wo man drauf tanzen kann. Mit meiner Tochter habe ich früher daheim in der Küche Charleston geübt. Kannst du das auch, Mädchen?«

Ich schüttle den Kopf. Und sie steht auf, macht in ihren Gesundheitsschuhen ein paar wilde Schritte im Gras. Ihre Haarsträhnen lösen sich von Kopf und fliegen herum. Sie lacht und sieht irgendwie ziemlich abgedreht aus. Dass sich eine alte Frau noch so aufführen kann! Mir wird ganz heiß im Gesicht.

»Los komm, Mädchen, mach mit!«

Ich schüttle den Kopf. Einmal war ich mit meiner Mutter in

der Stadt, da haben wir eine ungefähr Achtzigjährige gesehen mit langen weißen Haaren und Jeans an. Meine Mutter hat den Kopf geschüttelt und gemeint, dass man sich schon dem Alter entsprechend kleiden müsse. Was würde sie wohl zu einer Oma sagen, die in Gesundheitslatschen auf einer Wiese Charleston tanzt? Ich muss grinsen.

Rosa winkt mir zu wie die Hexe im Pfefferkuchenhäuschen.

»Komm, Mädchen, das macht Spaß!«, ruft sie und lacht, dann singt sie wieder »ta-ta-ta-ta, ta-ta-ta-ta …«

Ich glaube, Janne würde das cool finden. In dem Moment sieht Rosa aus, als würde sie wild leben, wild und ungewöhnlich.

Vorsichtig stehe ich auf. Sie nimmt mich an der Hand und zieht mich mit sich.

Auf der Landstraße hupt ein Auto. Die müssen denken wir wären durchgeknallt. Ein Mädchen und eine Oma, die zu unhörbarer Musik tanzen. Ich versuche Rosa die Schritte nachzumachen. Ganz schön schwierig, dieser Charleston …

»Ich kann's noch! Ich kann's noch!«, singt Rosa und lacht.

Ihr ganzes Gesicht strahlt, ich hopse herum und muss auch lachen.

Plötzlich stolpert sie, das Lachen bricht ihr aus dem Gesicht. Sie bleibt stehen und bückt sich, hält sich den Knöchel.

»Was ist?«, frage ich, bleibe auch stehen und komme mir plötzlich ziemlich blöd vor.

»Ich hab mir den Knöchel verknackst!«, sagt sie und ihre Stimme klingt, als hätte sie richtig starke Schmerzen.

»Kann ich irgendwie helfen?«

»Nein, nein, Mädchen. Unkraut vergeht nicht!« Sie richtet

sich auf. Ihre Lippen sind fest zusammengebissen und die Augen irgendwie feucht. Sie sieht plötzlich richtig alt aus.

»Kann ich wirklich nichts für Sie tun?«

»Dich, Mädchen, du. Ich bin doch deine Oma Rosa.« Sie versucht zu lächeln. »Aber es geht schon. Ich bin halt eine alte Hexe.« Sie sieht irgendwie frustriert aus.

Ich weiß nicht, was ich machen soll, grinse sie vorsichtig ein bisschen an.

»Na, dann wollen wir wieder los!«, sagt sie und zieht ihre Strickjacke aus, verstraut sie im Wagen, »am besten wir gehen durch den Ort und halten dann wieder Autos an.«

Ich merke, dass mir auch heiß ist. Mein Gepäck scheint mehr geworden zu sein. Ich muss das Sweatshirt richtig quetschen, dass es in den Rucksack passt. Ich setze ihn auf und nehme meinen Geigenkasten. Rosa ist schon etwas vorausgegangen. Ich laufe hinter ihr her und merke, dass sie ein wenig humpelt. Obwohl es erst Vormittag ist, ist es schon ganz schön heiß. Ich hätte kurze Hosen anziehen sollen, aber ich kann mich wohl kaum am Straßenrand einfach so umziehen.

8

Nebeneinander laufen wir die Straße entlang durch Kitzbühel. Lauter teure Geschäfte, hauptsächlich Sportartikel, Trachten und Schmuck. Bisher kannte ich Kitzbühel nur aus Erzählungen als einen Wintersportort, der für uns zu teuer ist. Schon mit vier Jahren haben mir meine Eltern das Schifahren beigebracht. Ich fahre gerne, wenn die Sonne den Schnee glitzern lässt, aber das Anstehen am Lift hasse ich wirklich.

Meine Eltern. Es ist schon komisch, dass sie glauben, ich wäre in der Toskana, und dabei bin ich in Kitzbühel und denke an sie. Bisher hatte ich kaum Geheimnisse vor ihnen. Aber vielleicht ist das so, wenn man erwachsen wird? Ob sie wohl sehr wütend werden, wenn alles auffliegt? Vielleicht hätte ich sie doch einweihen sollen? Aber sie hätten es mir garantiert verboten! Mich schüttelt es plötzlich, obwohl mir heiß ist. Am Ende sind sie so sauer auf mich, dass sie mich eine Zeit lang einsperren oder so. Ich kann mir nicht vorstellen, was meine Eltern machen, wenn sie einmal so richtig böse auf mich sind. Mehr als so richtig geschimpft haben sie mich bisher nie, keine Strafen oder so was. Aber ich habe sie auch noch nie so angelogen und bin einfach abgehauen …

Und wenn aus der Freundschaft mit Simon und Janne nichts wird und Tamara mich nicht mehr mag, weil ich ihr nicht die

Wahrheit gesagt habe? Ich muss dringend ein paar SMS schreiben, an Simon und Janne und an Tamara auch … Scheiße, das alles!

Ich schaue Rosa an. Sie hinkt immer noch ein bisschen, sieht aber ganz zufrieden aus. Mein Rucksack wird immer schwerer.

»Schau mal all die Leute!« Ihre Augen huschen flink umher. Wahrscheinlich fallen wir hier ziemlich auf, wenn ich mir die anderen Menschen so ansehe. Viele schauen reich aus, sorgfältig geschminkt und teuer gekleidet. Ich fahre mir durch die Haare. Komisches Gefühl. Ich trage sie seit ich mich erinnern kann lang, und jetzt … Ich schüttle den Kopf. Hoffentlich pappen sie nicht an. Das sieht sicher übel aus.

Wir kommen an einem Obst- und Gemüseladen vorbei. Mir läuft das Wasser im Mund zusammen. Saftiges, frisches Obst … Vielleicht sollte ich mir was kaufen? Aber nein, gegessen habe ich ja schon und ich muss sparen, brauche das bisschen Geld, das ich habe, noch. Rosa geht ganz nahe an der Auslage vorbei, stößt sogar gegen eine Kiste mit Äpfeln. Ob ihre Verletzung doch ernsthafter ist?

Neben der Kirche steht ein Brunnen. Ich merke, dass mein Mund völlig ausgetrocknet ist. »Ich habe Durst!«, sage ich.

»Dann trinken wir etwas!«, meint Rosa und überquert die Straße. Ein Auto muss bremsen. Bei mir hätte der Fahrer sicher geschimpft, aber bei Rosa schüttelt er nur den Kopf.

Das Wasser am Brunnen sieht nicht schlecht aus, eigentlich genauso wie aus dem Wasserhahn daheim.

»Wir sind in den Bergen. Da ist das Wasser klar und rein«, meint Rosa, beugt sich unter den Wasserhahn und trinkt.

Ich könnte ihr jetzt etwas von der Umweltverschmutzung erzählen und dass es eigentlich kaum noch klares, wirklich sauberes Wasser gibt. Aber ich habe selber Durst. Deshalb mache ich es genauso wie sie.

Ich trinke und trinke. Dann tauche ich die Arme noch bis zum T-Shirt hinein und schippe mir anschließend Wasser auf den Kopf. Ahh! Meine Haare werden ganz nass, ich schüttle mich und spritze herum. Rosa füllt inzwischen ihre Thermoskanne.

»Gehen wir Mittag machen. Mittags soll man ruhen!«, sagt Rosa, »Das machen die Südländer doch so, oder?«

Ich nicke, weil ich so furchtbar müde bin und außerdem noch die SMS schreiben muss. Aber ich werde sie schon antreiben. Eine lange Pause kann sie sich abschminken. Ich will schließlich heute noch zu Simon und Janne. Ich stelle mir vor, wie sie auf mich warten, mir einen Platz in ihrem Zelt freihalten, und wenn ich ankomme lacht mich Simon an und Janne umarmt mich. Wir tanzen die ganze Nacht und liegen morgens im Schatten der Bäume und Simon und ich ... Naja vielleicht. Ich muss schnell schreiben! Rosa und ich wandern aus dem Ort.

»Hier ist es schön!«, meint Rosa endlich. Der Platz, auf den sie zeigt, ist wirklich wunderschön, ein weit herunterhängender Baum an einem kleinen Bach. Ich schwitze schon gewaltig und habe keine Lust mehr diesen blöden Rucksack mit mir herumzutragen. Vielleicht macht es echt Sinn zu warten, bis es etwas kühler geworden ist. Ich werfe mein Gepäck einfach so ins Gras und mich dazu. Aber ich muss schnell wieder aufstehen, weil der

Rucksack am Hang gelandet ist und beinahe in den Bach gerollt wäre. Das wäre dann schon scheiße, vor allem wegen der Geige und dem Handy. Schnell die SMS schreiben! Neben mir breitet Rosa ihre Strickjacke aus, bevor sie sich hinsetzt. Ich suche nach dem Handy.

Plötzlich zieht Rosa zwei Äpfel aus ihrer Hosentasche. Ist mir gar nicht aufgefallen, dabei muss die doch ziemlich ausgebeult gewesen sein.

»Hier, Mädchen, willst du einen?«, fragt sie.

Ich nicke und das Wasser läuft mir im Mund zusammen.

Sie streckt mir den Apfel entgegen und ich nehme ihn. Er ist rot und sieht wunderschön aus. Schnell beiße ich hinein.

Sie reibt ihren erst am Küchentuch ab und nimmt dann einen kleinen Biss.

»Woher hast du …«, fange ich an und dann fällt mir der Obst- und Gemüseladen wieder ein, wie sie gegen die Apfelkiste gestoßen ist. Ich starre sie an. Hat sie die Äpfel wirklich geklaut?

»Hm«, sagt Rosa, »also ich dachte, die haben so viele, zwei mehr oder weniger …« Sie sieht mich dabei nicht an, schaut auf den Bach hinaus, auf dem gerade ein Blatt vorbeischwimmt.

»Danke auf jeden Fall!«, sage ich.

»So, jetzt wollen wir uns einmal richtig ausruhen!« Rosa lässt sich zurücksinken und verschränkt die Arme hinter dem Kopf. Ihre Beine liegen dabei auf dem Gras. »Sieh nur, Mädchen, wie blau der Himmel ist!«

Und wirklich, er ist so richtig himmelblau mit ein paar vereinzelten weißen Wattewölkchen. Im Hintergrund kann man die Berge sehen, in verschiedenen Grüntönen gesprenkelt. Die Vögel zwitschern und der Bach murmelt. Ich lege mich auch auf den Rücken und schaue den Wolken zu, die unendlich langsam vom Fleck kommen. Vielleicht sollte das Leben genau so sein …

Da fällt mir Janne wieder ein, Janne und Simon. Ich wühle im Rucksack nach dem Handy. Es hat nur noch zwei Striche bei der Batterieanzeige. Ich werde es ausmachen müssen, sonst reicht mir der Saft nicht mehr lange. Aber erst noch einmal schnell die SMS.

»Hallo ihr. Liege am Bach bei Kitzbühel, komme nur langsam voran, hoffe aber, es bis heute Abend zu schaffen. Grüsse Lucie.«

Jetzt noch schnell an Tamara. *»Hallo Tami. Wie gehts? Mir ist langweilig. Hoffe, ich bin bald bei dir. Cu Lucie.«*

Später mache ich das Handy wieder an um zu sehen, was sie antworten. Ich weiß nicht, wann ich zur nächsten Steckdose komme, auf dem Open Air gibt's sicher keinen Strom.

Rosa hat die Augen geschlossen und atmet tief und ruhig. Vielleicht ist sie eingeschlafen? Alte Leute brauchen ja meistens einen Mittagsschlaf, sagt man.

Mensch, was mache ich da eigentlich? Für die Freundschaft mit Simon und Janne setze ich so viel aufs Spiel? Und dabei hat mich Janne eigentlich meistens verarscht. Aber sie hat mir zugewunken … Und Simon, seine Augen … Warum sind mir die beiden nur so wichtig? Weil sie so anders sind? Komisch, dass mir plötzlich alles, was mir immer wichtig war, alles, was sich die ganze Zeit gut und richtig angefühlt hat, zu langweilig geworden ist. Ob ich mich verändert habe?

Ich lasse mich zurücksinken, sehe wieder den Wolken zu, die sich jetzt etwas schneller bewegen.

Ich muss wohl auch geschlafen haben. Als ich die Augen wieder aufmache steht die Sonne ein ganzes Stück tiefer, nicht mehr in der Mitte des Himmels. Rosa sitzt neben mir und macht eine Kette aus Gänseblümchen.

»Hier«, sagt sie und reicht sie mir.

Ich hänge sie mir um den Hals.

»Du siehst aus wie wir als Kinder. Wir haben uns oft Schmuck aus Blumen gebastelt.« Rosa lächelt.

»Sie ist wirklich schön, danke!«, sage ich und meine es auch so.

Rosa holt ihre Thermoskanne hervor und füllt den Becher. Trinken tut wirklich gut.

Mein Handy. Ich schalte es an. Der Brief blinkt. Janne und Simon … Aber die SMS ist nur von Tamara. *»Hi Lucie. Ist echt langweilig ohne dich. Beeile dich wenn du kannst. Dieses Jahr sind die Engländer wieder da. Tami.«*

Die Engländer. Sie sind etwa in unserem Alter und haben das Nachbarhaus gemietet. Wir haben im letzten Jahr oft mit ihnen Volleyball gespielt. Piet. Damals fand ich ihn toll. Aber Simon, bei dem ist es was anderes, Simon …

Ich lasse das Handy noch ein bisschen an. Vielleicht braucht die SMS ja nur eine Zeit lang, bis sie durchkommt. Aber ich muss unbedingt weiter. Ich hätte nicht einschlafen dürfen.

»Wie machen wir das jetzt eigentlich? Wir haben kein Geld und wenn wir weiterhin so langsam vorankommen, dauert es noch ewig bis Italien!«

Rosa nickt. »Da drüben am Baum sind ein paar Zwetschgen!« Sie zeigt auf die andere Straßenseite.

Bald habe ich das ganze T-Shirt voller Zwetschgen. Manche sind etwas verschrumpelt, aber was soll's. Neben Rosa kippe ich sie ins Gras. Mein T-Shirt hat ein paar lila Flecken abbekommen. Naja, macht nichts.

Noch immer keine SMS von Janne und Simon. Nein, ich habe sie auch nicht übersehen. Rosa sieht mit gerunzelter Stirn zu, wie ich auf dem Handy rumdrücke.

»Was machst du da eigentlich, Mädchen? Ein Spiel?«

»Nö, ich schreibe meinen Freunden.«

»Mit dem Telefon?«

»Ja, das ist wie Computer.«

»Was es heute alles gibt!« Sie schüttelt den Kopf. »Da, Mädchen, nimm eine!«

Ich schalte das Handy aus und sie lässt mir eine Zwetschge in die Hand fallen. Sie schmecken richtig gut, süß und saftig. Wir essen und spucken Kerne in den Bach.

»Mädchen, ich habe da eine Idee«, sagt Rosa plötzlich und macht dann eine kunstvolle Pause. »Wie gut bist du eigentlich auf der Geige?«

»Auf der Geige? Ich? Naja so mittel …«, sage ich. Es kommt darauf an, wen sie zum Vergleich nimmt.

»Wir könnten uns mit Musikmachen ein paar Groschen verdienen …«, meint sie und ihre Augen leuchten.

»Meinen Sie, äh meinst du wirklich?«, frage ich und mache

meinen Mund wieder zu.

»Hier können wir es einfach mal ungestört ausprobieren. Es kommen ja nur wenige Menschen vorbei!«

Ich nicke. Geld verdienen wäre nicht schlecht. Dann bräuchte ich Janne und Simon nicht anzubetteln. Das kommt bestimmt nicht so gut, wenn man sich gleich zu Beginn einer Freundschaft Geld pumpen muss.

»Ich habe ein paar Liederideen«, sagt sie und steht auf, legt dann fein säuberlich alles, was in ihrer Tasche ist, auf die Strickjacke. Die Thermoskanne, Blusen, gestrickte Strümpfe, einen altmodischen Badeanzug, die Toilettentasche, ein Handtuch, ein paar riesige Unterhosen, ein rosa geblümtes Nachthemd, Pantoffeln, zwei Röcke, eine Hose und eine weitere Strickjacke. Dann hebt sie einen schweren Kasten heraus und schnauft dabei ziemlich. Erst als sie es herausstellt, erkenne ich das Akkordeon. Deshalb ist ihr Wagen also so schwer! Zuletzt kommt noch ein Stapel Noten heraus. Rosa streicht ihn auf ihrem Bauch glatt und beginnt dann die ganze Wäsche wieder in den Wagen zu räumen.

»Komm, Mädchen, hol deine Geige!«, sagt sie.

Ich lasse die Schnappverschlüsse an meinem Geigenkasten aufspringen. Irgendwie ist das ja jetzt auch egal. Sie haben mir noch nicht geantwortet und ich komme besser morgen früh mit Geld an als heute Abend ohne …

Zum ersten Mal in meinem Leben gefällt mir Akkordeonmusik. Es macht richtig Spaß mit Rosa zusammen zu spielen und wir sind ziemlich gut, finde ich. Klar, wir machen auch einige Fehler. »Die Noten sind neu«, sagt Rosa, »ich hab sie erst ein paar Wochen.« Die Lieder klingen fremd, ein bisschen so wie Klezmermusik oder so ähnlich wie Straßenmusikanten aus den östlichen Ländern. So eine Mischung aus fröhlich und traurig. Irgendwann fangen wir zu improvisieren an. Es klingt richtig schön. Erst als ich den Bogen sinken lasse, merke ich, dass wir ziemlich lange gespielt haben. Ein Wind weht und die Sonne verschwindet schon bald hinter der Bergwand.

»Wollen wir weiter?«, fragt Rosa.

Ich nicke und wir packen unser Zeug zusammen. Als wir wieder auf der Landstraße stehen fühle ich mich anders. So ähnlich wie eine Landstreicherin, nicht wie die Penner, die besoffen in der Stadt rumhängen, sondern wie das romantische Bild vom Landstreicher, frei und immer unterwegs, ab und zu mal arbeiten für ein Butterbrot oder einen Kuchen. Wir summen gemeinsam als wir am Straßenrand stehen und ich den Daumen ausstrecke.

9

Der blaue BMW hält an. Wir steigen aus, Rosa und ich. Der Fahrer, ein Geschäftsmann mit Anzug und Krawatte, hilft uns das Gepäck auszuladen. Wir sind kurz vor Mittersil. Weiter fährt er nicht mehr, er hat hier ein Landhaus. Schade eigentlich. Die Sitze in seinem Auto waren bequem und er hat nicht viel geredet, hat nur leise so klassische Musik laufen lassen. Ich wäre gerne noch ein Stück weiter gefahren …

Ich strecke den Daumen gleich wieder heraus. In diesem Moment sticht mich eine Mücke in den Arm. Zur Strafe schlage ich sie tot.

Ganze Blechschlangen rattern an uns vorbei. Viele Autos haben Surfbretter auf dem Dach. Niemand hält an.

Mein Magen knurrt und ich friere ein wenig. Die Sonne schafft es nicht mehr über die hohen, oben noch schneebedeckten Berge.

Ein Stück weiter Richtung Ort sehe ich einen weißen Wagen stehen, der aussieht wie ein Imbisswagen. Ich denke an Döner oder Hühnchen und mir läuft das Wasser im Mund zusammen. Ein bisschen Geld habe ich ja noch. Und wenn Rosa und ich morgen was mit unserer Musik verdienen …

»Ich habe Hunger. Da drüben steht ein Imbisswagen. Ich glaube, ich besorge uns mal schnell was …«, sage ich.

»Ich habe fast gar nichts mehr«, meint Rosa und drückt mir zwei Euro in die Hand.

»Naja, morgen verdienen wir ja was!«, sage ich und wir lächeln uns an, Rosa und ich.

Diesmal bin ich diejenige, die vorausgeht. Rosa läuft langsam, scheint müde zu sein. Ich muss immer wieder anhalten, auf sie warten. Aber als der Duft mich erreicht, kann mich nichts mehr halten. Ich laufe immer schneller.

Es gibt Brathühnchen, saftige, duftende Brathühnchen. Und sie sind nicht einmal so teuer. Wir können uns jede ein halbes leisten und dazu noch zwei Brötchen und eine Flasche Limo. Es bleibt mir sogar noch Geld übrig. Für das Frühstück morgen, oder so …

Als ich gerade bezahlt habe, kommt Rosa bei mir an. Obwohl es mittlerweile kühl geworden ist, sehe ich ein paar Schweißtropfen auf ihrer Stirn.

»Ich habe Hühnchen gekauft«, sage ich und schwenke die Plastiktüte.

»Oh, fein«, sagt sie und lächelt ein wenig, bevor sie sich mit dem Handrücken den Schweiß von der Stirn wischt.

»Wiedersehen!«, rufe ich der Frau im Verkaufsstand zu und laufe mit Rosa weiter die Straße entlang Richtung Dorf. Der Hühnchenduft aus der Tüte bringt mich dazu schneller zu gehen, aber ich muss mich immer wieder bremsen und auf Rosa warten.

Wir kommen an einer Wiese voller Obstbäume vorbei. Ein Feldweg führt von dort aus zum Wald.

Da berührt mich Rosa am Arm. »Suchen wir uns doch lieber einen Schlafplatz, Mädchen. Morgen ist auch noch ein Tag. Ich kann die Fahrt gar nicht mehr richtig genießen.«

Ich nicke und denke an das Hühnchen. Und dann an Janne und Simon. Ob sie mir jetzt endlich geantwortet haben? Die werden schauen, wenn ich ihnen erzähle, dass ich einfach so übernachtet habe, irgendwo im Freien. Die Alte brauche ich ja nicht zu erwähnen, oder?

Rosa biegt in den Feldweg ein.

Jetzt ist mir wieder richtig warm. Gemeinsam ziehen Rosa und ich das Wägelchen. Wir sind schon an mehreren Scheunen vorbeigekommen. Aber die hatten alle keine Wände. Die, vor der wir im Moment stehen, hat welche. Aber auch ein Vorhängeschloss. Rosa lässt das Wägelchen los und geht auf sie zu. Sie zieht an der Tür, die einen Minispalt weit aufgeht, und steckt ihre Nase hinein.

»Die hier könnte gehen, scheint sogar Heu drin zu sein!«, meint sie.

Ich nicke nur. Mir ist alles recht. Ich bin plötzlich furchtbar müde und der Himmel ist schon recht dunkel. Außerdem muss ich dauernd nach Mücken schlagen, die mich anscheinend sehr gerne haben. Ganz zu schweigen davon, dass ich Hunger habe.

Rosa ist um den Stadel herumgeschlichen. Als sie wieder auftaucht, hat sie einen großen Stein in der Hand. Sie gibt ihn mir und tastet dann die Bretter ab.

»Dieses hier müsste gehen«, sagt sie dann, »das ist morsch.«

Ich hebe den Stein und schlage dann darauf ein. Es knackst

ein wenig.

»Entschuldigen sie, Herr Bauer, es muss sein …«, höre ich Rosa murmeln.

Ich grinse.

Beim zweiten Schlag splittert es und beim dritten kann ich ein Stück herausbrechen. Endlich ist die Öffnung groß genug zum Hindurchkriechen.

»Willst du als Erste?«, fragt Rosa.

Ich spähe durch den Spalt, mich fröstelt. Schnell schüttle ich den Kopf.

Rosa bückt sich und biegt mit den Händen das Loch größer. Dann rutscht sie auf den Knien hinein. Nach und nach sehe ich sie verschwinden. Die Gesundheitsschuhe zuletzt. Sie hat Größe 39. Dann ist sie ganz weg.

»Ist es arg dunkel?«, frage ich und falte meine Arme vor dem Körper. Mir ist plötzlich furchtbar kalt.

Von drinnen kommt nur ein undeutliches Gemurmel.

»Rosa, wo steckst du?«

»Hier gibt es wirklich Heu!«, kommt Rosas Stimme von innen, klar und begeistert.

Dann taucht ihre Hand wieder auf. »Los, Mädchen, gib mir die Taschen.«

Ich packe das Wägelchen und drücke es durch das Loch. Rosas Geisterhand zieht von innen. Der Rucksack verschwindet auf die gleiche Weise.

Da höre ich einen Traktor ganz in der Nähe. Schnell krabble ich auch noch durch das Loch.

Innen ist es total dunkel. Ich kann Rosa nicht sehen. Erst nach und nach sehe ich die Ritzen, durch die es hell schimmert. Mit der Zeit erkenne ich Rosa. Sie kramt schon wieder in ihrem Wagen. Da raschelt etwas in einer Ecke. Ich schreie auf.

Rosa ist sofort bei mir und tätschelt mir die Wange. Sie hat so eine wunderbar weiche Hand. »Komm, Mädchen, gehen wir nach draußen zum Abendbrot!«, sagt sie.

Dann nimmt sie meinen Arm und drückt mich wieder zum Loch. Ich krabble hindurch. Der Himmel ist dunkelblau mit ein paar roten Streifen und die Mücken fangen sofort wieder an mich zu umschwärmen.

Als Rosa durch das Loch gekrabbelt kommt, hat sie staubiges Haar und Schmutzflecken an den Knien. Sie setzt sich mit dem Rücken gegen die Scheunenwand, diesmal ohne Unterlage, und breitet ihr Taschentuch auf dem Schoß aus.

Ich reiche ihr die Tüte.

»Da wollen wir mal sehen, ob die Österreicher das Hühnchenbraten beherrschen, was, Mädchen?«, sagt sie und lächelt.

Ich nicke ihr zu und habe das eindeutige Gefühl, dass sie es wirklich können, als ich das Hühnchen sehe, mein Mund verwandelt sich quasi in eine Art See.

»Macht es dir etwas aus, wenn ich das Huhn mit den Fingern zerteile?«

»Nein!«

Ich nehme mir ein Brötchen und Rosa gibt mir einen Flügel. Er ist sogar noch warm. Während wir essen wird der Himmel immer dunkler.

Ich schlecke mir die Finger ab und Rosa wischt ihre am Taschentuch sauber.

Dann sitzen wir einfach nur da, fühlen uns so richtig satt und schlagen ab und zu nach Mücken. Der Mond ist jetzt rund und sieht aus wie eine goldene Scheibe.

Komisch, vielleicht sehen ihn meine Eltern in diesem Moment auch oder Tamara. Ob sie ihn auch schön finden? Und Simon und Janne? Ob die vor lauter Konzert noch was anders mitkriegen?

Rosa neben mir seufzt.

»Warum waren Sie – äh – warst du eigentlich noch nie am Meer?«, frage ich.

»Ach weißt du, Mädchen«, sie seufzt, »der Georg, mein Mann, wollte nie so weit fahren. Der hat für den Schwarzwald und den bayrischen Wald geschwärmt.«

»Aber es war doch ein großer Traum von dir, oder?«

»Ja.« Ihre Augen fangen wieder zu glänzen an, sie schaut irgendwohin, weit, weit fort.

»Ich verstehe das nicht«, sage ich »ihr hattet verschiedene Ziele und auch einen anderen Geschmack, mit der Volksmusik und so. Warum habt ihr denn eigentlich geheiratet?« Ich erschrecke, stammle: »Entschuldigung, war eine ganz blöde Frage.«

»Nein, eigentlich nicht«, sagt sie, »Georg war der erste Bursche, der sich für mich interessiert hat. Er war ein wirklich fescher Kerl. Ich habe ihn schon oft gesehen, weil er aus dem Nachbarort kam. Alle Mädchen waren in ihn verliebt. Und tanzen konnte der, Mädchen, ich sag's dir …« Sie schnalzt mit der Zunge.

»Wir haben noch während des Krieges geheiratet, eine schnelle Hochzeit, ganz ohne Fest. Ja und nach dem Krieg war er ein anderer.«

Ich schaue sie an. »Ein anderer?«

»Ja. Dieser blöde Krieg hat sie alle verändert! Uns Frauen auch, aber wir haben miteinander darüber geredet, meine Schwester Lotte und ich. Aber die Männer haben nichts gesagt von all den grauseligen Sachen, die sie gesehen, erlebt und gemacht haben. Der Georg hat alles in sich hineingefressen. Ich dachte immer, wenn ich ihm nur Zeit lasse, dann erzählt er mir alles, dann kommen wir uns wieder näher. Aber darauf habe ich lange gewartet.« Ihre Stimme klingt bitter. »Ich habe ihn versorgt und später auch unsere Tochter Susanne und immer gearbeitet. Es waren harte Jahre, der Georg war im Krieg verwundet worden. Auf jeden Pfennig kam es an! Und die letzten Jahre war er krank.« Sie starrt den Mond an, als wolle sie durch ihn hindurchschauen.

»Immer wieder hatte er einen neuen Krebs, kaum haben sie den alten irgendwie in den Griff bekommen. Ich sag dir, Mädchen, das war hart, immer zwischen hoffen und fast aufgeben. Zum Schluss war es dann wirklich nur noch Quälerei.« Sie schnipst ein paar unsichtbare Fusseln von ihrer Hose. »Ja und jetzt, habe ich gedacht, jetzt lebe ich mal nur für mich, jetzt mache ich, was mir gefällt. Ich höre die Musik, die ich mag, spiele Akkordeon, so viel ich mag, und reise endlich ans Meer. Und die Susanne will mir das nicht gönnen. Die glaubt, ich wäre nicht mehr ganz richtig … dement, hat sie gesagt oder so was, wollte mich doch glatt in ein Altenheim stecken, stell dir das vor!«

Ich schaue sie an, habe immer gedacht, dass die Leute erst in ein Altenheim kommen, wenn sie nicht mehr für sich selbst sorgen können.

»Und dabei haben wir doch ewig gespart für unser Häuschen. Ich hatte so viel Arbeit damit, fast alles haben wir selber gemacht! Und dann der Garten! Du musst mich unbedingt mal besuchen kommen, Mädchen!«

Sie nimmt einen Kugelschreiber aus der Blusentasche und schreibt mir ihre Adresse auf die Papiertüte von den Semmeln. »Rosa Pfeifer, Finkengasse 7b in Rosenheim«. Auch ihre Telefonnummer schreibt sie dazu. Ich nehme das andere Ende der Tüte, schreibe meine Adresse drauf und gebe es ihr. Sie wird mich nicht verpetzen, und bis sie wieder daheim ist, keine Ahnung, was bis dann ist … Was sie mir da erzählt hat – und ich habe immer gedacht, dass einem niemand mehr dreinreden kann, wenn man erst mal erwachsen ist.

»Aber du bist doch erwachsen«, sage ich, »kann man da nicht machen, was man will?«

»Tja, das habe ich auch immer gedacht. Nee, nee, irgendwann kommen die eigenen Kinder daher und meinen, sie müssen dir Vorschriften machen. Da gehört sich dann deine Bluse nicht, nur weil sie so richtig schön bunt ist, oder du sollst zum Altennachmittag anstatt Akkordeonunterricht zu nehmen. Aber nicht mit mir! Ich komme ans Meer, das ist klar!«

Ich nicke und denke daran, wie es sein muss, wenn man sich etwas so lange wünscht und doch so ewig warten muss, bis es klappt. So betrachtet ist es wahrscheinlich richtig, was ich mache. Ich meine, ich wünsche mir mit Janne und Simon befreundet zu sein, und da will ich bestimmt nicht so lange warten wie Rosa …

Rosa seufzt und gähnt dann, hält sich die Hand vor den Mund. »Ich bin müde, Mädchen. Gehen wir schlafen?« Sie kichert. »In einer Scheune habe ich nicht mehr übernachtet seit ich ein kleines Kind war …«

Sie steht auf und streckt sich, gähnt noch einmal. Dann kriecht sie durch das Loch. Als nur noch ihre Füße zu sehen sind höre ich sie sagen: »Eigentlich ist so was ja nichts für eine alte Hexe wie mich …« Aber es hört sich an, als würde sie dabei kichern.

»Tschüß Mond!«, sage ich und winke ihm zu, bevor auch ich durch das Loch krabble.

Drinnen hole ich als Erstes mein Handy und mache es an. Endlich eine SMS von Janne und Simon. *»Wo steckst du denn jetzt? Haben dir Platz im Zelt freigehalten. Ruf uns doch sofort an, wenn du ankommst, damit wir uns finden!«*

Ich lächle und tippe dann, bevor ich das Handy wieder ausmache: *»Bin immer noch in Österreich, übernachte in Scheune. Morgen könnt ihr garantiert mit mir rechnen. Freue mich schon!«*

Währendessen hat Rosa das Heu ein wenig aufgewirbelt. Oben hat sie die Bommelstrickjacke an und die andere wickelt sie sich um die Füße. Als ich meinen Schlafsack aus dem Rucksack hole, höre ich sie husten.

Ich breite meinen Schlafsack neben ihr aus und krieche hinein.

Sie hustet noch einmal.

»Ist dir kalt?«, frage ich.

»Schon ein wenig, Mädchen«, sagt sie.

»Warte mal, ich habe eine Decke, die ist groß genug für uns beide!« Ich mache den Reißverschluss meines Schlafsackes auf und breite ihn über uns.

»Danke, Mädchen«, sagt Rosa, »es ist wirklich gut, dass wir uns getroffen haben.« Dann hustet sie noch einmal.

An der anderen Ende der Scheune höre ich ein Rascheln, wieder die Mäuse. Ich kuschle mich eng an Rosa. Sie ist warm und fühlt sich gut an. »Nur ruhig, Mädchen, die kommen nicht zu uns«, murmelt sie.

10

Ein Husten neben mir. Der Morgen zeichnet Lichtstreifen durch die Ritzen in der Scheune auf meinen Schlafsack. Ich drehe mich um. Rosa sitzt aufrecht da, die Arme fröstelnd an den Körper gezogen und lächelt mich an.

»Guten Morgen!«, sagt sie.

»Morgen!« Ich reibe mir die Augen.

»Am besten wir machen uns gleich auf den Weg. Es wird Zeit, dass wir ins warme Italien kommen«, meint Rosa und hustet noch einmal.

Sie steht auf, fängt an das Stroh aus ihrer Jacke zu klopfen. Ich rapple mich hoch. Das Handy liegt noch immer neben mir. Ob Janne und Simon gestern noch geantwortet haben? Ich schalte es ein. Wirklich, ich habe eine Mail erhalten. Aber sie ist von meiner Mailbox, irgendjemand hat mich angerufen, zwei Anrufer sogar. Ob Janne das war? Oder Simon? Meine Finger fangen an die Nummer der Mailbox zu wählen. Bestimmt ist das furchtbar teuer, aber ich muss es einfach wissen.

»Tut, tut!«, macht es und dann nichts mehr. Ich versuche es noch mal. Wieder dasselbe. Irgendwas stimmt mit meinem Handy nicht! Wer hat mich nur angerufen? Ob irgendwas los ist mit dem Konzert? Ob ich doch nicht kommen soll? Das kann doch nicht sein!

Und wenn es meine Eltern waren? Wenn sie vielleicht was rausgefunden haben? Ich muss einfach wissen, was auf der Mailbox ist. Ich versuche es noch einmal … Wieder nichts.

Rosa hat ihre ganzen Sachen gepackt, steht mit dem Wägelchen vor dem Loch.

»Na Mädchen, was ist? Wollen wir?«, fragt sie.

»Einen Moment noch!«, sage ich.

»Ich gehe schon mal voraus, komm dann nach!«, meint sie und schiebt das Wägelchen durch das Loch, geht in die Knie und ist kurz darauf auch selber verschwunden.

Wenn meine Eltern nun wirklich schon dahinter gekommen sind? Ach Quatsch, eigentlich kann das doch gar nicht sein. Es wird irgendwas Harmloses gewesen sein, ganz bestimmt. Und wenn mein Handy wieder richtig funktioniert höre ich die Mailbox ab … Aber jetzt schalte ich es erst mal aus, sonst wartet Rosa am Ende nicht auf mich.

Draußen ist die Welt frisch und der Tag neu. Meine Füße werden nass vom Tau. Am liebsten möchte ich springen. Die Sonne ist schon fast aufgegangen.

Neben mir streckt sich Rosa. Ihre Gelenke knacksen. Plötzlich fängt sie an mein T-Shirt auszuklopfen. »Du bist völlig verdreckt, Mädchen. Die glauben ja alle, wir wären Herumtreiber!«

Ich hasse es, wenn jemand an mir rumfummelt, deshalb verspreche ich schnell: »Ich ziehe mir was anderes an!«, und suche mir eine neue Hose und ein frisches T-Shirt aus dem Rucksack. Leider habe ich nur eine sehr dünne Hose. Als ich meine Jeans ausziehe, habe ich Gänsehaut auf den Schenkeln.

Auch Rosa zieht sich um. Ihre neue Bluse hat kleine gelbe Blumen und der Rock ist dunkelblau. Außerdem trägt sie die gestrickten Strümpfe. Das sieht ein wenig seltsam aus, aber sie gefällt sich anscheinend. Sie dreht sich hin und her. »Als Mädchen mochte ich es immer so gerne, wenn der Rock um die Beine flattert«, sagt sie.

Dann kämmt sie sich und versucht auch mich mit dem Kamm zu überfallen. Es ziept und ich schreie. »Aber, aber, Mädchen, Schönheit muss leiden«, sagt sie. Und ich stelle mir vor, was sie wohl zu Jannes Haar sagen würde oder zu dem von Simon! Deshalb muss ich grinsen und das Zackeln macht nicht mehr so viel. Sie hustet noch immer.

Als wir losgehen kommt die Sonne gerade hinter dem Berg hervor.

Vor einer Bäckerei bleiben wir stehen. Vielleicht finde ich ja etwas zum Frühstück für uns beide.

Die Verkäuferin hat blonde, kurze, dauergewellte Haare und rote Backen. Es riecht wahnsinnig gut nach Hefe und frischem Brot.

»Guten Morgen, Dirn«, sagt sie, »was darf ich dir geben?«

»Zwei Brötchen und zwei Hörnchen«, sage ich.

Da sehe ich ein Körbchen voller Salbeibonbons. Wenn ich ein Hörnchen zurückgebe, reicht mein Geld noch dafür.

»Äh, nur ein Hörnchen, dafür die Bonbons!«, sage ich.

Die Verkäuferin brummelt irgendetwas und legt das zweite Hörnchen zurück.

Wir gehen nebeneinander die Landstraße entlang. Die wenigen Autos, die vorbeikommen, machen einen großen Bogen um uns. Das Brötchen haben wir noch vor der Bäckerei geteilt und gleich aufgegessen. Rosa lutscht an einem Salbeibonbon und hustet nicht mehr ganz so oft. Wieder bin ich es, die den Daumen rausstreckt.

Plötzlich hält ein Auto an. Es ist ein größerer Transporter, grün mit Rostflecken und karierten Vorhängen. Ein Mann mit langen, zerzausten Haaren beugt sich zur Tür heraus. Über seinem Kopf schaukeln Indianerfedern.

»Wohin des Wegs so früh, die Damen?«, fragt er und grinst uns an. Sein Mund wird dabei so breit, dass ich fast das Gefühl habe, er würde von einem Ohr bis zum anderen reichen.

»Wir wollen in den Süden über die Berge«, sagt Rosa.

»Klasse, das trifft sich gut. Ich fahre über den Großglockner nach Tolmezzo«, meint er und beginnt auch gleich unsere Sachen einzuladen. Im Wagen erspähe ich einen Schlafsack, ein paar Trommeln und eine Menge bunter Tücher und Kleidungsstücke.

Uns beiden hält er die Vordertüre auf und hilft Rosa beim Einsteigen. Die Sitzbank ist breit genug für drei.

Unendlich langsam kriecht der Bus die Passstraße hinauf. Hinter uns ziehen wir eine ewig lange Autoschlange her. Es scheint, als würden wir gleichzeitig mit dem Nebel nach oben steigen, er ist immer knapp über uns.

»Ich heiße Emil«, sagt der Bärtige plötzlich, »und ihr?«

»Lucie«, sage ich.

»Rosa.« Sie lächelt.

»Aha, Lucie und Frau Rosa«, Emil grinst wieder. »Rosa ist ein schöner Name. Mir gefällt auch die Farbe, auch wenn das für Männer immer so verdächtig klingt. Gehört die Geige Ihnen, Frau Rosa?«

»Nein, dem Mädchen!«, erklärt Rosa, »ich spiele Akkordeon!«

»Eine sehr musikalische Familie! Find ich wirklich cool. Wollen wir mal zusammen Sound machen? Mein Autoradio ist nämlich verreckt …«

»Na, Mädchen?« Rosa sieht mich an.

»Ich weiß nicht.«

»Ach kommt doch, meine Damen. Ich habe da eine kleine Trommel und eine Rassel im Handschuhfach«. Er zeigt hin, nimmt dazu eine Hand vom Lenkrad.

Rosa umklammert meine Hand. »Fahren sie lieber, Herr Emil!«

»Wird gemacht!« Emil grinst schon wieder.

Rosa nimmt die Rassel und ich die Trommel. Es dauert eine Weile, aber dann kommen wir ins Improvisieren, genau wie gestern. Erst als Emil den Mund aufmacht um etwas zu tun, was entfernte Ähnlichkeit mit Singen hat, klappt es nicht mehr. »Uuah he, uaua he «, macht er.

Rosa rasselt plötzlich völlig falsch und ich muss die Hand vor den Mund halten, um das Kichern zu unterdrücken.

»He, he, die Damen, das ist afrikanischer Gesang«, meint er, »so schlecht mach' ich das doch auch wieder nicht, oder?«

»Nein, nein, sehr interessant, Herr Emil!«, meint Rosa.

»Na dann, auf ein Neues!«

Wir fangen wieder zu spielen an und singen irgendwann alle drei: »Uuah he, uaua he …«

Bald sind wir an der höchsten Stelle der Passstraße. Hier ist ein riesiger Parkplatz, auf dem Autos aus verschiedenen Ländern parken, und eine große Wirtschaft. Über einer Kuppe sieht man, wie die Straße sich wieder nach unten windet. Die Sonne malt Flecken auf die felsige Landschaft.

»Trinken wir einen Kaffee«, meint Emil und hält an.

Wir steigen aus. Emil streckt sich und gähnt laut, ohne sich die Hand vor den Mund zu halten. »Puh tut das gut!«, sagt er, »Riecht ihr die geile Luft?«

Rosa zuckt zusammen, als er ›geil‹ sagt. Ich verstecke mein Grinsen.

»Hier ist es kalt«, sage ich, »ich brauche meinen Pulli.«

Emil macht uns die hintere Tür auf, ich streife mein Sweatshirt über und Rosa holt ihre Jacke. Die Anrufe. Mein Handy. Ich muss dringend die Mailbox abhören …

Rosa macht gerade ein paar Schritte vom Auto weg. Da stellt Emil einen verbeulten Kessel auf den Gasherd im Bus, direkt neben mir und meinem Rucksack.

»Ah, sie machen Ihren Kaffee selbst?«, fragt Rosa und dreht sich wieder um, »ein echter Genießer!«

»Eher aus Sparsamkeit!«, meint Emil und grinst.

»Was arbeiten Sie denn, Herr Emil, wenn ich fragen darf?«

»Ich fahre im Winter nach Afrika und kaufe dort ein. Das Zeug verkaufe ich dann im Sommer auf Open Airs. Die Leute sind da teilweise ganz wild drauf. Und ich hab's gerne warm im Winter.« Er lacht.

»Fährst du nach Osoppo aufs Sunsplash?«, frage ich und merke, wie meine Hände zu schwitzen anfangen.

»Nee, leider nicht. Da war mir der Standplatz zu teuer. Jetzt fahr ich mich erst mal erholen zu Freunden und dann nach Slowenien. Da ist auch ein Festival.«

»Hmhm«, mache ich. Schade. Das wäre echt klasse gewesen …

»Kennst du das Festival in Osoppo?«, fragt er und schaut mich an. Er hat kleine Lachfältchen rings um die Augen.

»Freunde von mir sind da …«, sage ich.

»Guter Musikgeschmack!«, meint er.

»Da fällt mir gerade ein, ich muss denen schreiben!«, sage ich und habe mein Handy schon in der Hand.

Inzwischen pfeift schon der Kessel. Emil gießt Kaffee durch den Filter. Rosa sieht ihm zu, dann zu mir, kneift die Lippen zusammen und fragt: »Haben sie auch so ein Ding, Herr Emil?«

»Ja«, antwortet der, »ich bin ja fast ständig unterwegs.«

»Ich könnte das Gefiepse und Gepiepse nicht dauernd ertragen«, sagt Rosa.

Emil zuckt die Achseln: »Man gewöhnt sich dran.«

Noch ist kein Netz da. Aber gleich müsste es kommen, gleich. Ich drehe mein Handy hin und her.

»Ich glaube nicht, dass du hier oben Netz hast!«, sagt Emil und reicht Rosa zwei verbeulte Blechtassen.

Und er hat Recht. So was Blödes! Ich hoffe nur, es waren nicht meine Eltern. Obwohl ich eigentlich nicht abergläubisch bin, drücke ich mir vorsorglich einmal die Daumen. Aber zuerst mache ich das Handy wieder aus und stecke es in den Rucksack.

Emil gießt den dampfenden Kaffee in die Tassen in Rosas Hand und in eine dritte, die er selber nimmt. Dann setzen wir uns auf die Mauer und schauen uns die umliegenden Berge an.

»Ah diese Aussicht!«, stöhnt Emil.

Rosa nickt und ich finde, dass sie Recht haben, lauter sonnige Berggipfel rings um uns in einem Nebelmeer.

Wir fahren die Passstraße hinunter. Mal geht es rechts, mal links steil abwärts.

»Dass ich so was Wunderschönes sehen darf!«, meint Rosa und strahlt, hat wieder richtige Apfelbäckchen.

In den Kurven knattert der Bus laut.

»Warum trampt ihr eigentlich?«, fragt Emil plötzlich, »es wäre doch viel bequemer mit dem Bus!«

»Ach«, sage ich schnell, »so ist es viel aufregender!«

»Ja«, meint Rosa und lächelt, »per Anhalter erlebt man eine Menge und lernt Land und Leute gut kennen.«

»Und was habt ihr in Italien vor? Geht ihr in ein Hotel?«, fragt Emil weiter.

»In ein Ferienhaus von Verwandten«, sage ich schnell.

»Nicht schlecht«, meint er und lächelt wieder, seine Lachfältchen kräuseln sich. Dann bietet er uns Kekse an.

»Waren sie schon oft am Meer?«, fragt Rosa.

Emil lacht leise. »Irgendwie schon, aber am Meer kann man gar nicht oft genug sein.«

»Sag' ich auch immer, sag' ich auch immer. Aber das will einem ja keiner glauben!«, meint Rosa und hat rote Flecken im Gesicht.

Emil schielt zu ihr hinüber und hat fragend die Stirn gerunzelt.

Ich lege Rosa schnell die Hand auf den Arm. Hoffentlich verrät sie uns nicht!

»Mein Mann war ein richtiger Bayrischer-Wald-Anhänger und meine Tochter Susanne – ach, die mag auch nur Berge oder das ganz weite Ausland, Amerika und so …«

Ich mache eine Grimasse, schaue Rosa streng an. Aber sie scheint nichts zu merken, redet einfach weiter. »Die Susanne hat eh nur ihren eigenen Kram im Kopf, ihre Karriere und ihre Familie. Das ist ja auch an sich nicht falsch, aber ich hätte ihr doch helfen können, zum Beispiel mit ihrem Sohn. Den kenne ich gar nicht richtig, so selten sehe ich ihn, und dabei ist er doch mein Enkel …« Rosa seufzt.

»Aber sie haben doch die Lucie …«

»Ja, die Lucie kenne ich doch erst …« Ich trete ihr sanft auf die Zehen, aber wegen ihrer dicken Gesundheitsschuhe bekommt sie nichts davon mit. »… erst ein paar …« Jetzt unterbricht sie sich selbst, schlägt sich auf den Mund, wie ein kleines Kind, dass ein Geheimnis verraten hat.

»Aber sie ist doch Ihre Enkelin«, meint Emil und kratzt sich am Kopf.

»Äh, ja, sicher …«, stottert Rosa und schaut mich an. Ihr Blick hat etwas Flehendes.

»Das ist eine schwierige Geschichte«, springe ich ein,

»meine Eltern, äh, mein Vater war meinem Opa, also Rosas Mann nicht so recht …«

Rosa kneift ihre Lippen zusammen, scheint nicht so glücklich zu sein mit meiner Geschichte. Aber Emil merkt nichts davon.

»Mhm, mhm«, sagt er, »immer dieses Familienzeugs. Mein Alter hat auch was gegen meinen Beruf.«

Ich atme tief ein und wieder aus.

Inzwischen haben die Serpentinen aufgehört und die Bergwände rechts und links von uns sind nicht mehr so hoch und stark bewaldet. Emil hat das Fenster runtergekurbelt und es riecht nach Wald, vertraut und gleichzeitig irgendwie fremd. Wir fahren wieder einen kleinen Pass hinauf. Als wir oben sind sagt Emil: »Jetzt sind wir in Italien!«

Rosa bittet mich das Fenster runterzukurbeln, beugt sich über mich, streckt die Hand zum Fenster hinaus und jauchzt. »Ah, italienische Luft!«

Und ich würde am liebsten auch jauchzen, Janne und Simon, ich komme!

Tolmezzo. Wir halten mitten im Ort auf einer Straße, die vermutlich die Hauptstraße ist. Seelenruhig steigt Emil aus, obwohl die Autos hinter uns hupen und dann mit Vollgas überholen. Rosa und ich stehen in einem Gewimmel aus knatternden Mofas, flanierenden Jugendlichen und italienischem Sprachbrei. Rosa sieht sich mit leuchtenden Augen um, murmelt: »Das ist also Italien!«

Ich grinse, weil ich schon in Italien war. Dann helfe ich Emil das Gepäck auszuladen. Als alles draußen ist, meint er: »Warte einen Augenblick!«, und drückt mir dann drei kleine Bälle aus bunt gehäkelter Baumwolle in die Hand.

»Die sind zum Jonglieren«, meint er und lächelt, »wenn man's kann ist es wie eine Meditation!«

»Dadadanke!«, sage ich und kann ihm gar nicht in die Augen sehen.

»Danke euch auch!« Emil grinst sein Von-einem-Ohr-bis-zum-anderen-Grinsen und zeigt noch einmal die Augenfältchen. »So eine nette Fahrt hatte ich schon lange nicht mehr!«

Dann schüttelt er Rosa die Hand, die immer noch geistesabwesend und mit dem Funkeln in den Augen das Gewirr rings um uns betrachtet. Als er mir die Hand gibt, schiebt er einen kleinen Zettel hinein: »Falls ihr mal nach Freiburg kommt, müsst ihr mich unbedingt besuchen! Hier ist die Adresse!«, sagt er.

Dann steigt er schnell in seinen Bus und fährt hupend davon, der Auspuff spuckt ein paar dicke Rauchwolken aus. Ein paar andere Autos fangen auch zu hupen an, es gibt ein richtiges Orchester. Das Letzte, was ich von Emil sehe, ist seine winkende Hand aus dem Autofenster.

Der Zettel in meiner Hand ist eine Visitenkarte auf Umweltpapier, »African Art, Emil Häusler« steht darauf und eine Adresse irgendwo in Freiburg.

Ich spüre Rosas Hand auf meinem Arm. »Der macht aber einen Krawall!«, sagt sie und wir lächeln uns an.

Ich stecke die Visitenkarte in meine Hosentasche, nur so zum Andenken. Ich wüsste auch nicht, wie ich ihn besuchen sollte. Die Bälle behalte ich in der Hand. Jetzt kann ich von Janne jonglieren lernen ...

»Es tut mir Leid, Mädchen, das ist mir einfach so rausgerutscht vorher«, meint Rosa.

Sie sieht richtig zerknirscht aus. Ich lege die Bälle oben auf meinen Rucksack.

»Ist nicht so schlimm«, sage ich und muss einfach ihre Hand in die meine nehmen, »er hat ja nichts gemerkt. Und entschuldige, dass ich das über deinen Mann gesagt habe, ich meine, dass er uns nicht gemocht hat ...«

»Das war unsere Rettung! Dass dir das so schnell eingefallen ist ...« Sie sieht mich an, hat die Stirn gerunzelt.

»Das ist bei meinem Papa und meinem Opa so«, sage ich.

»Ach die Männer immer!« Sie streichelt mit dem Daumen meine Hand. Ihre Hand fühlt sich so weich und schrumpelig an. Ich habe keine Lust sie loszulassen.

Menschen drücken sich an uns vorbei und alles ist so ganz anders als gestern in der einsamen Scheune. Und trotzdem ist da so was ... Ich habe fast das Gefühl, sie wäre meine richtige Oma.

»Wollen wir uns mal umsehen?«, fragt meine Adoptivoma.

»Klar«, sage ich, obwohl ich eigentlich grad gar keine Lust auf Abenteuer habe, eher auf einen Eiskaffee im Cafe auf der anderen Straßenseite.

Sie macht einen Schritt auf ihr Wägelchen zu und ich lasse ihre Hand los, stopfe die Bälle in meinen Rucksack. Dann mache ich, dass ich hinter ihr herkomme.

Wir sitzen auf einer Bank an einem Platz mit Brunnen. Rosa hat sich zurückgelehnt und lässt sich die Sonne ins runzlige Gesicht scheinen.

Das Netzt ist jetzt italienisch, I-03 heißt es. Und mein Handy piepst. Zwei weitere Anrufe. Ich rufe die Mail-Box an, wieder dasselbe. Irgendetwas funktioniert nicht. Ich versuche es noch einmal mit der Deutschlandvorwahl. Wieder nichts! Vielleicht liegt es daran, dass der Akku mittlerweile nur noch einen Strich anzeigt. Ich brauche dringend Strom zum Laden.

Ich muss sicher sein. Mal sehen, ob ich noch SMS schreiben kann. *»Habt ihr versucht mich anzurufen? Kann die Mailbox nicht abhören!«*, schreibe ich an Janne und Simon. Als ich die SMS abschicke, funktioniert alles problemlos.

»Mir ist warm!«, sagt Rosa neben mir, »ich müsste andere Strümpfe anziehen, Mädchen!«

Ich schaue ihre Wollsocken an und nicke. Meine Hose habe ich hochgekrempelt und das T-Shirt ziehe ich ab und zu vom Bauch und wedle es hin und her, damit ich Luft bekomme.

Rosa zieht ein paar braune Baumwollsocken aus ihrem Wagen und beginnt die Schuhe auszuziehen.

Am Ende hat mich ja Tamara versucht anzurufen und versucht es dann, wenn sie nie durchkommt, bei meinen Eltern! Ich muss ihr dringend schreiben.

»Hi Tami, hast du mich vielleicht angerufen?«

»Ich muss meinen Hut irgendwo verloren haben!«, jammert Rosa.

Ich schalte mein Handy aus und gebe ihr meine Cap. Erst ziert sie sich ein wenig. »Das ist doch nichts für alte Damen!« Aber dann setzt sie sie doch auf. Sie sieht lustig damit aus, auf der Bank vor dem Brunnen. Da fällt mir mein Fotoapparat ein. Ich wühle in meinem Rucksack, bis ich ihn habe, dann mache ich ein Foto von ihr. »Zur Erinnerung!« Denn bald bin ich in Osoppo und dann trennen wir uns. Komisch irgendwie. Ich bekomme ein ganz seltsames Gefühl im Bauch, als ich daran denke. Naja …

Der Platz füllt sich immer mehr. Auf der Bank gegenüber lassen sich drei unaufhörlich schwatzende alte Frauen nieder und ein paar alte Männer auf einer anderen. Eine Clique Jugendlicher steht um ein Mofa herum.

»Hier könnten wir doch spielen!«, sagt Rosa.

Ich nicke. Geld verdienen und dann ab zu Simon und Janne …

Aber als ich dann aufstehe, bin ich mir gar nicht mehr so sicher. Meine Beine fühlen sich an wie Pudding und ich habe das Gefühl, nicht einmal mehr eine Geige halten zu können, ganz zu schweigen davon, dass ich mich erinnern kann, was wir denn spielen wollten. Aber Rosa holt ihr Akkordeon heraus und wirkt ganz ruhig. Also greife ich doch nach der Geige und versuche sie zu stimmen. Ich habe plötzlich keine Ahnung mehr, wie die Seiten klingen sollen. Aber die Omas und Opas auf den anderen Bänken schauen zu uns herüber.

»Ich bin so nervös«, sage ich zu Rosa.

»Das klappt schon, Mädchen«, meint sie und klopft mir auf die Schulter, aber ich sehe, dass auch ihre Finger zittern. »Leg deinen Geigenkasten vorne hin für das Geld.«

Ich tu's. Aber dabei habe ich das Gefühl über Watte zu gehen. Der Himmel ist bläulich und eine Taube fliegt mir fast vor die Füße. Ich fahre mir noch einmal durch die Haare und dann fangen wir an.

Das erste Lied klingt noch ein wenig schräg. Beim letzten Ton schaut Rosa mich an, zuckt ein wenig die Schultern. Aber die Omas und Opas applaudieren. Ein dicker Mann mit buschigen, weißen Augenbrauen ruft: »Bravo, bravo!« Rosa lächelt und dann spielen wir weiter.

Nach und nach kommen wir richtig in Fahrt. Irgendwann kommt eine Touristengruppe in Shorts vorbei.

»Look at the granny and the girl!«, quietscht eine Braungelockte mit massenhaft Make-up. Und dann beginnt es Geld zu regnen, Münzen und Scheine fallen in den Geigenkoffer und zahlreiche Fotoapparate knipsen uns.

Irgendwann sehe ich am Ende des Platzes zwei Polizisten stehen. Sie tragen Uniformen in Blau, wie aus einem altmodischen Film. Der Jüngere deutet auf uns, aber der Ältere schüttelt den Kopf und lächelt. Als ich das nächste Mal hinsehe, sind sie wieder verschwunden.

Drei Touristengruppen später ist der Boden unseres Koffers ziemlich voll und der gesamte Platz liegt im Schatten. Wir hören zu spielen auf und zählen unser Geld.

»Das reicht für ein Zimmer und für Essengehen«, meint Rosa und strahlt.

Oder für eine Eintrittskarte zum Festival und eine Fahrkarte in die Toskana, denke ich. Aber ich traue mich nicht etwas zu sagen. Sie sieht so glücklich aus und gleichzeitig müde, irgendwie. Eigentlich hat sie sich wirklich ein Zimmer verdient, es war schließlich ihre Idee. Ich könnte meinen Teil jetzt nehmen, für eine Eintrittskarte zum Festival reicht es allemal …

»Magst du auch so schrecklich gerne Pizza, Mädchen?«, fragt Rosa und ihre blauen Augen leuchten, »wir können bestimmt eine ganz große nehmen ...«

Ich nicke, eine Pizza hätte ich wirklich gerne. Und das mit der Straßenmusik finden Janne und Simon sicher cool. Auf den einen Tag kommt es doch auch nicht mehr an, und wenn ich morgen wieder mit Rosa auftrete, könnten wir noch einmal so viel verdienen. Dann käme ich reich und ausgeruht bei Simon und Janne an und müsste kein Stückchen allein trampen.

»Da vorne ist eine Pizzeria. Und Zimmer vermieten die glaube ich auch, Mädchen!«

»Woher weißt du das?«, frage ich und kneife die Augen zusammen.

»Ha, da kommt es mir mal zugute, dass ich so eine alte Hexe bin«, sagt sie und marschiert schon einmal los. »Altersweitsichtigkeit ...«

Rosa hustet wieder. Diesmal so fest, dass es ihren ganzen Oberkörper durchschüttelt. Sie liegt auf einer hohen, quietschenden Matratze in einer Art Kuvert. Hier stecken sie die Betttücher links und rechts an der Matratze fest. Vorhin beim Pizzaessen war sie noch ganz fit. Sie hat eine mit Schinken genommen und dabei geschmatzt, dass es mir fast peinlich war. Das ganze Essen über hat sie von der Möglichkeit geschwärmt, so einfach Geld zu verdienen, und dann noch mit etwas, was Spaß macht. Sie meint, sie hätte früher auf die Idee kommen sollen.

Ich finde die Idee auch nicht schlecht. Vielleicht kann ich mal mit Janne gemeinsam Straßenmusik machen. Sie könnte trommeln und ich spiele Geige. Das wäre doch wirklich wild und ungewöhnlich …

Ach ja, Janne. Sie und Simon waren das mit den Anrufen nicht. Als wir im Hotel angekommen sind, habe ich sofort versucht mein Handy zu laden. Das war gar nicht so einfach, weil ich erst von der Zimmervermieterin einen Adapter ausleihen musste. Als es dann endlich ging, habe ich das mit der Mailbox noch einmal versucht. Es waren jetzt fünf Anrufe, aber es ging wieder nicht. Von Simon und Janne war eine SMS da. *»Wo steckst du? Bist du verschollen? Oder hast du es dir doch anders überlegt? Nein, haben nicht angerufen«* haben sie geschrieben.

Es muss einfach Tamara gewesen sein! Das kann es doch nicht einfach so gewesen sein, jetzt schon! Gerade eben kommt noch eine SMS, von Tamara: *»Wo steckst du???? Und warum hast du mich angelogen? Und so was nennt sich Freundin! ((:-(((! Deine Eltern haben angerufen!«*

Scheiße, hab ich's doch gewusst! Meine Finger fangen an zu tippen: *»Erkläre dir alles bald! Komme wie geplant mit dem Zug! Bitte verzeih mir!!! Lucie.«*

Ich muss einfach zu Simon und Janne! Die denken sonst ich wäre brav mit Tamara und ihren Eltern im Urlaub und halten mich für eine totale Angeberin und Streberin! Und das gerade jetzt, wo sie so richtig angefangen haben sich für mich zu interessieren, gerade jetzt, wo Simon sich Sorgen um mich gemacht hat, als er gehört hat, dass ich trampe. Das heißt doch was, oder?

Ich muss ihnen antworten. *»Habe es mit nicht anders überlegt, bin in Tolmezzo, hatte kein Geld mehr, musste mir mit Straßenmusik was verdienen. Bin morgen da. Lucie«*

Ich glaube, Rosa schläft schon. Sie schnarcht auf alle Fälle leise.

Ich muss meine Eltern beruhigen. Anrufen kann ich sie nicht. Da würden sie bestimmt so lange auf mich einreden, bis ich mich verplappere. Dann kommen sie bestimmt und holen mich ab und ich kann Simon und Janne vergessen! Aber irgendetwas muss ich einfach tun. Ich beiße mir auf den Finger und reiße ein Stück Nagelhaut ab. Tut weh und sieht dazu noch scheußlich aus! Mist! Marco fällt mir ein, mein kleiner Bruder, und sein Handy! Ich schreibe meinen Eltern einfach auch eine SMS.

»Hallo Mama, Papa, Marco! Mir gehts prima. Macht euch keine Sorgen. Komme so in fünf Tagen mit dem Zug bei Tami an. Erzähle euch alles später. Gruß Lucie.«

Dann schalte ich schnell das Handy aus. Die versuchen mich garantiert anzurufen, sobald sie die SMS gelesen haben. Das kann ich nicht riskieren! Hoffentlich beruhigen sie sich ein bisschen ...

Ich lehne mich zurück, bin furchtbar müde. Aber meine Füße kribbeln. Ich versuche an Janne und Simon zu denken und an den Spaß, den wir haben werden, wenn ich morgen endlich bei ihnen bin. Aber irgendwie schieben sich immer wieder Bilder von Rosa dazwischen. Ich sehe, wie sie mit leuchtenden Augen die Berge ansieht, oder Tolmezzo. Auch Musik machen sehe ich uns, die alte Dame und das Mädchen ...

Rosa hustet wieder und das Bett wackelt und quietscht. Eine graue, fedrige Strähne hängt über ihrer faltigen Stirn. Ich streiche sie ihr aus dem Gesicht. Sie fühlt sich heiß an.

11

Wir stehen am Straßenrand. Obwohl ich heute früh geduscht habe, bin ich schon völlig verschwitzt. Die Mittagssonne brennt herunter, zum Glück habe ich meine Cap wieder. Rosa hat sich einen neuen Hut gekauft, einen blauen mit einer Sonnenblume vorne drauf. Außerdem konnte Rosa einen Kaffee trinken und wir beide Gebäckteilchen essen. Etwas ist noch übrig, für eine Fahrkarte in die Toskana könnte es vielleicht reichen und für eine Übernachtung in einem ganz billigen Zimmer für Rosa. Heute haben wir wieder auf dem Platz gespielt. Aber es lief nicht mehr ganz so gut wie gestern. Zum einen liegt das wohl daran, dass vormittags kaum Touristengruppen rumlaufen, und zum andern hat Rosa immer husten müssen. Simon und Janne werden mir eventuell doch ein bisschen Geld leihen müssen. Naja, ich habe mein Bestes versucht …

Ich bin müde, weil ich so schlecht geschlafen habe. Das mit meinen Eltern tut mir furchtbar Leid. Ich wollte wirklich nicht, dass sie sich Sorgen machen! Und hoffentlich kann ich das mit Tamara wieder hinbiegen! Sie muss mich einfach ein bisschen verstehen! Ich sage ihr am besten, dass ich mit Simon und Janne gewettet habe. Dass ich Simon mag, wird sie eh schon rausgefunden haben mit ihrem Psychotick. Und wenn ich ihr dann von Rosa erzähle … Das gefällt ihr doch garantiert! Und meine

Eltern … Ich versuche nicht an sie zu denken! Heute Morgen war schon wieder ein Anruf mehr auf dem Handy und zwei SMS. *»Lucie, deine Erklärung muss schon sehr gut sein! Tami.« und »Lucia, melde dich sofort! Wir machen uns große Sorgen! Wo bist du??? Was ist mit dir los? Mama und Papa.«*

Was ich Tamara antworten sollte, wusste ich nicht. Bei Mama und Papa konnte ich nur wieder schreiben: *»Macht euch keine Sorgen. Eine nette erwachsene Frau ist bei mir. Es geht mir gut. Versuche euch bald alles zu erklären. Lucie.«*

Die »nette, erwachsene Frau« hustet schon wieder und wedelt sich mit der Hand Luft zu. Sie sieht müde aus und so richtig alt. Aber immer wenn sie merkt, dass ich sie ansehe, versucht sie zu grinsen. Meistens wird das dann etwas schief, aber ich lächle zurück. Die Autos, die vorbeifahren, ziehen Staubwolken hinter sich her. Der Fluss ist fast vollständig ausgetrocknet. Eigentlich ein Wunder, dass hier trotzdem noch so viel wächst …

Meine Hand wird langsam lahm vom ewigen Daumenraushalten. Ich wünsche mir, dass endlich einer anhält und wir aus der Hitze rauskommen. Ich muss weiter!

Da bremst ein kleiner, roter Fiat und hält doch tatsächlich an. Der Fahrer scheint etwa in Rosas Alter zu sein, hat weiße Haare und helle Bartstoppeln im Gesicht. Aber seine Augen sind dunkel und sehen freundlich aus.

»Buongiorno. Di dove?«

Rosa hustet, fragt: »Was sagt er?«

Ich zucke die Achseln: »Keine Ahnung!«

Ich ziehe die Landkarte aus der Tasche und zeige ihm Osoppo.

»Ah, si!«, sagt er und lächelt mich mit kleinen, bräunlichen Zähnen an. »Tolmezzo ... brmmmmm ... Osoppo. Alora, sono diretti a Osoppo.«

»Ich glaube, der fährt richtig«, sage ich zu Rosa, »steigen wir ein?«

Rosa nickt und bekommt dann wieder einen Hustanfall.

Der Italiener öffnet die Autotür. Seine Finger sind kurz und gelb-braun.

Er steigt aus und hilft Rosa auf den Beifahrersitz und mir mit dem Gepäck.

Wir fahren noch einmal bergauf, an einem bewaldeten Hügel mit ein paar Felsen entlang. Der Himmel über uns wird immer dunkler. Der Italiener zeigt nach oben und sagt irgendetwas, was wie »temporale« klingt. Ich zucke die Achseln. Rosa reagiert nicht. Sie scheint eingenickt zu sein, ihr Kopf liegt auf einer Schulter und ich höre sie tief atmen.

»Temporale!«, sagt er Italiener noch einmal und deutet nach oben, »bum bum«. Dann fuchtelt er mit den Armen herum, zeigt eine gezackte Linie. Anscheinend meint er, dass es ein Gewitter geben wird. Heißt ›temporale‹ Gewitter?

Ich nicke. Wahrscheinlich hat er Recht, hoffentlich komme ich noch rechtzeitig vorher zu Simon und Janne. »Ah, si.«

»Si, si temporale, si!« Er lacht laut.

Dann kommen wir an einem See vorbei, der eigentlich ganz schön wäre, wenn nicht immer wieder ein Stück Autobahnbrücke über uns auftauchen würde, um dann wieder zu verschwinden.

»Lago di Cavazza«, meint der Mann und deutet mit seinem Finger auf den See, »aqua molto freddo.« Er zittert, als wäre ihm kalt.

»Ah, si!«, sage ich wieder.

Später erklärt er mir auf diese Weise noch eine Menge anderes Zeug, dass das Dorf »Alesso« heißt zum Beispiel und der Fluss »Fiume Tagliamento«. Rosa gibt den ganzen Weg kaum einen Ton von sich, von gelegentlichem Husten abgesehen.

Osoppo ist noch kleiner als Tolmezzo. Der Italiener hat uns an der Hauptstraße rausgelassen. Hier ist es so ähnlich wie in Tolmezzo, dasselbe Gewirr und Gerede. Aber Rosa ist anders. Ich halte ihre Hand, die ganz heiß ist. Ganz in der Nähe donnert es.

Sie hustet und meint dann: »Na dann wollen wir mal.«

Ich sehe sie nur an.

In diesem Moment fängt es zu regnen an. Ganze Bäche klatschen auf einmal vom Himmel und ein heftiger Wind zerrt an den Kleidern der Leute. Ich nehme Rosas Wägelchen und mein Gepäck und flüchte mit ihr unter ein Vordach. Meine Hose ist nass und klebt mir zwischen den Beinen. Die Blume an Rosas Hut sieht nicht mehr freundlich aus. Ich wühle in meinen Hosentaschen und fische ein paar Euro heraus. Gegenüber ist ein kleines Café.

»Setzen wir uns erst mal da hinein!«, sage ich und zeige auf das Café.

»Wir müssen weiter!«

»Aber so kommst du nie zum Meer, bei dem Regen!« Ich sehe

die Gänsehaut auf ihrem faltigen Arm. »Du musst dich erst mal wieder kräftig aufwärmen«, und außerdem bin ich hier am Ziel. Aber den letzten Teil denke ich nur. Sie scheint es vergessen zu haben.

»Aber ich muss zum Meer!«, jammert Rosa ständig, wenn sie nicht hustet.

»Da kommst du doch hin, da kommst du doch hin ...«, murmle ich in einer Tour vor mich hin, während ich sie und ihren Wagen über die Straße schiebe.

Und plötzlich ist sie mir lästig. Ich habe keine Lust mir Gedanken machen zu müssen, was aus ihr wird oder wie sie zum Meer kommt. Ich habe keine Lust mich um ihren Husten zu sorgen. Und ich habe keine Lust Geld für Kaffee auszugeben.

Aber dann tu ich's trotzdem. Ich führe sie zu einem Stuhl und bestelle ihr einen Cappuccino.

Während sie da sitzt und wartet und aussieht wie eine ganz gewöhnliche Oma – sie hat die Hände auf dem Schoß gefaltet und ihre Augen sehen ein wenig glasig aus – überlege ich, was ich jetzt tun könnte, wie ich am besten von hier verschwind ...

Einfach unauffällig gehen, ohne große Verabschiedungsszene oder so. Wir haben uns ja nur zufällig getroffen und waren nützlich füreinander.

»Hier, nimm du einen Teil vom Geld«, sage ich und schiebe ihr ungefähr die Hälfte in das Fach oben an ihrem Wagen.

Sie nickt, scheint nicht zu verstehen, um was es mir geht, starrt nach draußen. »Hört der Regen bald auf?« Dabei sieht sie so aus, als würde sie gleich zu weinen anfangen. Aber vielleicht liegt das auch nur an ihren glasigen Augen.

»Das hört gleich wieder auf!«, sage ich und berühre ihre Schulter, streichle sie kurz.

»Ich gehe mich mal kurz umsehen, wegen der Straßen und so …!«, murmle ich, »Trink du deinen Kaffee und ruh dich aus.«

Sie nickt und der Kellner bringt ihre Tasse.

Ich schaue ihr noch zu, wie sie zwei Tütchen Zucker hineinrührt und den ersten Schluck nimmt. Dabei wird ihr Blick wieder etwas klarer. Sie setzt die Tasse an und schlürft den zweiten Schluck. Da nehme ich mein Gepäck und gehe. Ich schaue mich kein einziges Mal um.

Der Regen hat etwas nachgelassen und am Himmel sind schon wieder vereinzelte blaue Flecken zu erkennen. Trotzdem ist meine Hose ganz feucht und es quatscht an meinen Schuhen. Ganz zu schweigen von meinen Haaren. Ich schüttle meinen Kopf und es spritzt. Unter einem Vordach knutschen ein Mädchen und ein Junge, die etwa in meinem Alter sind.

Sonst ist niemand auf der Straße. Aber ein Stück weiter, vorne an einer Hecke, entdecke ich ein großes Plakat »Rototom – Reagge-Sunsplash« steht darauf. Ich gehe darauf zu und irgendwas zittert in meinen Beinen. Dann lese ich die Namen der Bands. Auch die I-Shen Rockers stehen drauf, übermorgen … Unter dem Plakat hängt ein großer roter Pfeil, der geradeaus zeigt. Ich muss ihm nur nachgehen, dann bin ich bald bei Janne und Simon, nur noch ein paar Minuten. Ich setze meinen Rucksack ab, um das Handy herauszunehmen, um die beiden anzurufen.

Der Himmel ist jetzt wieder blau, sieht aus, als hätte es nie ein

Gewitter gegeben. Ich strecke die Beine aus, meine Hose ist beinah trocken, die Schuhe noch nicht. Man kann fast zusehen, wie die Sonne die Blätter der Hecke trocknet, als würde sie trinken, all das Wasser einsaugen.

Ein paar Minuten nur und ich bin endlich da, wo ich hinwollte. Das Display an meinem Handy flackert. »PIN eingeben«.

Rosa sitzt jetzt im Café. Bestimmt hat sie den Cappuccino schon leer getrunken und wartet auf mich. Sie hat nichts mitgekriegt, hat nicht begriffen, dass ich sie hier einfach so verlassen habe. Ich glaube, sie hat die Geschichte, die wir erfunden haben, fast schon geglaubt, zumindest jetzt, wo sie krank ist. Vielleicht begreift sie irgendwann ja, vielleicht fällt ihr wieder ein, dass ich nicht zum Meer wollte, nur sie, dass ich irgendwo unterwegs hinwollte …

Ich will nicht an sie denken. Simon und Janne. Wir tanzen und Jannes blaue Haare flattern hinter ihr her. Im Zelt liege ich zwischen ihnen und im Herbst im Schulhof stehen wir zusammen unter ihrem Baum … Aber irgendwie klappt das nicht gut, vor all die Bilder schiebt sich immer wieder Rosa, Rosa mit ihrem faltigen Gesicht und den weichen Händen. Rosa, die Jazz liebt und Volksmusik hasst. Rosa, die nach Italien trampt, um das Meer zu sehen. Rosa, die es immer wieder schafft, etwas zu essen zu organisieren. Rosa, die sich ihr Hotelbett mit Straßenmusik verdient. Jetzt sitzt sie da im Café und hustet, wo sie doch eigentlich ans Meer will. Und ich lasse sie warten, lasse sie im Stich. Oma Rosa …

Ich mache mein Handy wieder aus. Das Open Air dauert ja

noch ein paar Tage und die I-Shen Rockers spielen erst übermorgen. Zum Meer ist es nicht mehr weit, heute abend schon kann ich wieder da sein. Ich werde Rosa ans Meer bringen, das schwöre ich.

Wir sitzen wieder in einem Fiat. Die Frau am Steuer hat ein Minikleid an und eine Sonnenbrille, um die Haare zurückzuhalten. Auf dem Nebensitz liegt ein Baby in einer Art Schale und schläft. Die Frau kann ein bisschen Englisch, sie fährt zu ihren Eltern nach San Stino, einem kleinen Ort, der, wie sie mir auf der Landkarte gezeigt hat, fast am Meer liegt, genau auf unserer Strecke. Neben mir hustet Rosa.

Sie hat wirklich gewartet. Als ich zurückgekommen bin, hat sie ausgesehen wie eine verschrumpelte Zwetschge. Aber sie hat gelächelt, als sie mich gesehen hat.

»Ist ein ganz kleiner Ort, nicht geeignet, um Musik zu machen«, habe ich gesagt.

»Hauptsache du bist wieder da, Mädchen«, hat sie gemeint, »ich dachte schon, du kommst nicht wieder.«

Da habe ich noch ein viel schlechteres Gewissen bekommen als eh schon und ihr noch einen Tee bestellt. Naja, für eine Rückfahrkarte vom Meer hierher wird es schon noch reichen, vielleicht können wir ja auch noch mal Musik machen. In Caorle gibt's eine Menge Touristen … bevor ich fahre quartiere ich Rosa irgendwo ein. Dann habe ich wirklich genug getan. Den Rest muss sie selber schaffen …

Wir fahren durch eine flache Landschaft mit vielen ausgetrockneten Flussrinnen. Die Frau singt ihrem Baby leise etwas vor. Ihre Stimme klingt rau und schön. Rosa schaut zum Fenster hinaus und ihre Augen blitzen wieder, nicht so wie gestern, aber immerhin. Sie hustet nicht mehr ganz so oft …

»Alora, ragazza. We are San Stino …«, sagt die Frau.

»Thank you very much!«, sage ich. San Stino ist wirklich ein Miniort. Hoffentlich finden wir bald jemanden, der uns weiter mitnimmt.

»Sind wir am Meer, Mädchen?«, fragt Rosa.

»Fast!«, sage ich, »wir müssen aussteigen.«

Mittlerweile hat das Baby zu schreien angefangen. Die Frau nimmt es in den Arm und tröstet es mit Summlauten.

Ich lade Rucksack, Wägelchen und Geigenkasten aus und helfe dann Rosa.

»Thank you very much«, sage ich zu der Frau.

»No problem!« Sie lacht. »Look after your grandmother. She looks ill a bit. Dottore …«, sagt sie noch.

»Yes!«

Sie winkt uns noch einmal zu und fährt dann weiter.

Wir laufen durch das Dorf. Es riecht fremd, nach Staub und Bäumen, die bei uns zu Hause nicht wachsen. Nur wenige Leute sind auf der Straße. In einer Bar lehnen ein paar Männer an der Theke und trinken Espresso.

Am Ortsende setzt sich Rosa auf meinem Rucksack und ich strecke den Daumen aus. Ein paar Autos fahren vorbei, manche Fahrer winken uns freundlich zu. Aber niemand hält an.

Endlich hält doch einer, ein Toyota mit deutschem Kennzeichen und einem Schal vom FC Bayern auf der Ablage. Der Fahrer hat ein bulliges Gesicht und einen Schnauzbart.

»Tschaau, bambina …«, sagt er.

»Meine Oma und ich wollen gerne zum Meer. Meine Eltern warten dort und wir haben den Bus verpasst …«, sage ich.

»Mei, du bist a Deitsche!« Er scheint sich zu freuen. »Wo am Meer? Das Meer ist groß!« Er lacht dröhnend.

»Wo fahren Sie den hin? Wir wollten nach Caorle.«

»Nach Caorle! So ein Zufall, da sind wir auch, schon seit etlichen Jahren. Da ist es immer gemütlich!«

Mensch, da haben wir aber Glück gehabt! Genau das richtige Auto hat gehalten. Wobei es hier auch gar nicht mehr so viele andere Möglichkeiten gibt, wenn man nach Süden fährt …

»Dann hopsasa und rein mit euch!«, sagt er und lacht noch einmal sein dröhnendes Lachen.

Er steigt aus und hilft Rosa auf den Beifahrersitz, während ich mit dem Gepäck nach hinten klettere.

»I bin hier mit der Familie. Aber ab und zu da brauch i mei Ruah und an Abstand!«, sagt der Bayer und lacht und erzählt von der Küche in Italien und dass sie in Caorle neben Pizza auch ein gutes Wiener Schnitzel zubereiten können. Das brauche er schon ab und zu. Zum Glück sei auch Bier zu haben, weil – immer nur Wein … Und Bier wäre ja sowieso ein Grundnahrungsmittel. Irgendwie erinnert er mich an einen Mann in einem Film, den ich vor langer Zeit einmal im Fernsehen gesehen habe.

»Ich rieche das Meer!«, sagt Rosa plötzlich und steckt ihre Nase durch den kleinen Schlitz im Fenster.

»Ja do ham's aber no a guate Nos!«, sagt der Bayer und lacht.

Wir fahren durch eine Straße voller Hotels, so richtig eines neben dem anderen. Mitten zwischen den rosaroten, hellblauen und gelben Betonburgen halten wir an.

»Hier wären wir!«, sagt der Bayer.

Die Luft ist trüb und die Hitze brennt immer noch auf den Asphalt, obwohl es doch längst später Nachmittag sein muss. Der Bayer ist in eine Tiefgarage gefahren und verschwunden.

Rosa breitet die Arme aus. »Gleich sind wir da!«

Langsam laufen wir durch die Hotelanlagen. Rosa versucht zu pfeifen, kommt aber nicht weit, weil sie husten muss. Ich schaue sie besorgt an, aber sie lächelt und sagt: »Geht schon wieder, Mädchen!«

Endlich können wir das Meer sehen. Hinter einer Mauer liegt es wie ein blaues Band, fast verschwommen mit dem Horizont.

»Das Meer, das Meer!«, ruft Rosa und strahlt.

Und da kann ich es auch riechen. Ich atme eine tiefe Prise salzigen Geruch und fühle mich plötzlich ganz leicht, so als würden Wägelchen und Rucksack überhaupt nichts wiegen.

Zwischen Strand und Straße steht eine hohe Mauer. Ein Mann mit Schirmmütze kassiert die Leute ab, die an den Strand wollen. Durch das Tor sehe ich die Sonnenschirme, einen neben dem anderen.

Rosa ist neben mir stehen geblieben. »Sollen wir da reingehen, Mädchen?«, fragt sie.

Ich schüttle den Kopf, sage dann: »Komm. Wir gehen ein Stück weiter, da ist bestimmt weniger los und kosten tut es auch nichts!«

12

Wirklich, ein paar Meter weiter, dort wo die Hotels enden, endet auch die Mauer und wir haben freien Zugang zum Meer. Hier tummeln sich nur ein paar Familien auf Handtüchern unter Sonnenschirmen, die sie einfach so in den Sand gesteckt haben, und ein paar Jugendliche spielen Beach-Volleyball.

Vor uns glitzert das Meer in der Sonne, schäumend brechen sich die Wellen auf einer Sandbank ein Stück weiter draußen. In der Ferne erkenne ich die bunten Segel von ein paar Booten.

Rosa läuft schnell durch den Sand auf das Wasser zu, so schnell, dass ich ihr fast nicht nachkomme. Es ist gar nicht so einfach, das Wägelchen durch den Sand zu ziehen. Ich gebe auf und lasse es auf halbem Weg stehen. Den Rucksack lege ich dazu.

Vorne am Wasser ziehen wir unsere Schuhe und Strümpfe aus und springen durch die Wellen.

»Puh!«, macht Rosa, das Wasser ist ganz schön kalt.

Ich mag es, wenn es um meine Waden schäumt und mir den Sand unter den Fußsohlen wegzieht.

Irgendwann fängt Rosa wieder zu husten an.

Wir laufen wie Störche durch den heißen Sand zu unseren Sachen zurück. Ich breite Rosas Handtuch aus, sie setzt sich drauf. Dann setzen wir unsere Hüte auf. Rosa hält sich die Hand über die Augen und schaut auf das Meer hinaus.

»Mensch Mädchen!«, sagt sie, »Ist das wunderbar!«

Ich spanne den geblümten Schirm auf und stecke ihn in den Sand, damit Rosa etwas mehr Schatten hat. Es dauert nicht mehr lange, bis die Sonne untergeht.

»Ich besorge uns etwas zu Essen und ein Zimmer!«, sage ich.

Rosa nickt nur, schaut immer noch auf das Meer und die Surfer, die sich mit ihren Segeln abmühen.

In der Touristeninformation haben sie mir die Adressen von einem billigen Hotel und einer Pension gegeben. Im Hotel wollten sie meinen Ausweis, da bin ich wieder gegangen. Aber in der Pension musste ich nur einen Zettel ausfüllen. Ich habe den Namen »Emilie Feistenauer« angegeben, weil ich mich noch daran erinnern kann. Rosa muss später noch unterschreiben.

Dann habe ich noch zwei helle Semmeln besorgt, die hier Panini heißen, eine Flasche Wasser und Käse. Für mehr hat es nicht mehr gereicht, weil ich das Zimmer im Voraus zahlen musste.

Jetzt sitze ich hinter Rosa und massiere ihren Nacken. Sie schaut auf das Meer hinaus, sagt aber nicht mehr viel. Ihr Gesicht ist rot. Keine Ahnung, ob das von der Sonne kommt oder ob sie Fieber hat. Sie hat heute fast gar nichts gegessen, obwohl die Brötchen wirklich frisch und der Käse nicht schlecht waren. Als sie getrunken hat, ist ihr etwas Wasser seitlich an den Mundwinkeln runtergelaufen.

»Das kommt von der Aufregung und weil ich nie aus Flaschen trinke«, hat sie gesagt, aber mich dabei nicht angesehen.

Gerade fliegen ein paar Jungs auf so Surfbrettern vorbei, die von Drachen gezogen werden.

»Oh Gott, ist das schön, Mädchen!«, sagt sie, »das muss wie fliegen sein!«

»Ich habe mir immer gewünscht, dass ich fliegen kann!«, sage ich und streichle ihren Nacken.

»Ich auch, Mädchen, ich auch!« Sie lächelt. »Ich habe mir Flügel zu jedem Geburtstag gewünscht und zu Weihnachten auch, ungefähr bis ich acht Jahre alt war. Da habe ich ihnen geglaubt, dass Menschen nicht fliegen können, aber erst nachdem mir meine Schwester Milli von Lilienthal erzählt hat.«

Sie seufzt. »Aber dass ich ans Meer komme, habe ich immer gewusst. Das war mein zweiter großer Traum!« Sie gräbt mit den Fingern im Sand herum.

Die Sonne steht schon ziemlich tief über dem Pinienwald hinter uns und fast niemand mehr außer uns ist am Strand, nur ein paar Jugendliche und ab und zu joggt jemand unten am Wasser vorbei.

Ich höre auf Rosas Nacken zu streicheln und sage: »Vielleicht sollten wir in unser Zimmer gehen, morgen können wir ja wieder kommen …«

Sie nickt und wir stehen auf, packen zusammen.

Als ich oben auf der Straße ankomme, drehe ich mich noch einmal um und verabschiede mich in Gedanken vom Meer. Morgen werde ich nicht mehr hier sein, morgen bin ich in Osoppo mit Janne und Simon …

Jetzt ist ganz schön was los. Camper in Jogginganzügen, Jugendliche mit Tretrollern, zum Ausgehen gekleidete Familien und Touristen auf Tandems, manchmal sogar für vier Personen.

Ich habe meinen Rucksack auf den Wagen gebunden und ziehe ihn hinter mir her. Mit dem anderen Arm führe ich Rosa. Zum ersten Mal fällt mir auf, dass ich ein kleines Stück größer bin als sie. Sie zittert in meinem Arm. Ihre Hände sind heiß. Ich kann nicht mehr klar denken. Wir gehen in Richtung der Sonne vom Meer weg.

Rosa liegt im rosa Bett unter der Blümchentapete. Sie schläft und hustet dabei immer wieder so, dass das ganze Bett wackelt. Dabei schnauft sie so komisch. Ich wollte Janne und Simon eine SMS schreiben, aber ich bin bisher nicht dazu gekommen. Ich weiß auch gar nicht, was ich schreiben soll ... Hunger habe ich auch und die Erdnüsse aus der Minibar habe ich schon alle aufgegessen ...

Plötzlich fängt Rosa an sich hin- und herzuwerfen, »Mutti«, sagt sie, »Mutti, bleib doch da. Ich war's nicht, ehrlich. Mutti!« Dann fängt sie an zu weinen. Unter ihren geschlossenen Augenlidern tropfen Tränen heraus und laufen ihr über die runzeligen Wangen.

»Rosa. Es ist nichts, alles ist gut!«, sage ich und streiche sie weg.

»Mutti, warte auf mich! Mutti!«, ruft sie und ihre Stimme klingt hoch und krächzig, »lass mich nicht alleine!« Die Tränen fließen weiter.

Ich weine oft und habe auch schon Tamara weinen sehen, aber nie so. Auf Rosas Stirn glänzen Schweißtropfen. Ich wische sie ab. Was soll ich nur tun?

Rosa wimmert vor sich hin. »Mutti«, jammert sie, »Mutti.«

Ich halte ihre Hand fest. Sie drückt zu. Komisch, wie viel Kraft sie noch hat. Leise fange ich an zu summen, summe ein paar von den Liedern, die wir auf der Straße gespielt haben.

Sie wird ein bisschen ruhiger. Durch das Fenster sehe ich die ersten Sterne. Komisch, dass man so viel mehr Sterne sieht, wenn man am Meer ist. In der Ferne höre ich das Meer rauschen.

Jetzt sagt Rosa etwas Unverständliches. Ich streichle ihre Hand. Neben dem Haus zirpen die Grillen.

Janne und Simon. Bestimmt wundern sie sich schon, wo ich bleibe, ich muss mir wohl eine Erklärung ausdenken.

»Mutti«, wimmert Rosa, »Mutti!«

Ich drücke ihre Hand, die sich ganz anders anfühlt als gestern in Tolmezzo, so trocken und hart, gar nicht mehr weich. Rosas knochige Füße schauen unter der Bettdecke hervor. Ich lasse ihre Hand los. Sofort fängt sie wieder zu wimmern an. Ich fasse ihren Fuß an. Er ist eiskalt und feucht. Ich weiß nicht, wie sich Tote wirklich anfühlen, aber so ähnlich habe ich mir das immer vorgestellt. Ich muss was tun, irgendwas. Rosa wimmert noch mehr. Wieder sagt sie unverständliche Dinge.

»Ststst …«, mache ich, decke ihre Füße zu, schlage sie richtig ein in die Decke. Rosa redet jetzt noch lauter, fuchtelt mit den Händen in der Luft herum. Ich muss ihr irgendwie helfen, weiß aber absolut nicht wie. Ich nehme ihre Hände in meine und fange wieder zu singen an. Meine Stimme zittert, hoffentlich hört sie wieder auf …

Aber diesmal nicht. Sie reagiert nicht auf meinen Gesang. Ich muss etwas tun.

»Halt aus, Rosa! Ich hole Hilfe!«, sage ich und streiche ihr noch einmal über das Gesicht. Sie wimmert, murmelt unablässig vor sich hin. Ich schaue sie noch einmal an. Dann gehe ich schnell aus dem Zimmer, hinunter zur Pforte.

Ein älterer Mann mit einer Lesebrille sitzt auf dem Barhocker und schaut sich einen Zeichentrickfilm im Fernsehen an.

»Entschuldigen Sie«, sage ich und er schaut kurz zu mir hin, »meine Oma ist sehr krank. Ich brauche Hilfe!«

Er antwortet irgendetwas auf Italienisch und schaut wieder auf den Fernseher, wo ein Zeichentrickritter gerade ein Schwert mit rotem Schein über der Klinge anhebt, um auf einen anderen einzustechen.

»Sorry«, sage ich und meine Stimme klingt laut und schrill, »it's an emergency! I need help!«

»Momento«, brummt er und ruft dann: »Laura! Laura!«

Aus einer Tür hinter der Theke kommt eine Frau heraus mit langen, schwarzen Haaren und einem breiten, rot geschminkten Mund. »Gibt es ein Problem?«, fragt sie.

»Meiner Oma geht es furchtbar schlecht«, presse ich heraus. »Sie atmet ganz komisch und hustet und redet unverständliches Zeug!«

»Seid ihr hier in unserer Pension?«, fragt sie.

Ich nicke.

»Dann lass mich mal nach deiner Oma sehen!«

In unserem Zimmer angekommen misst die Frau gleich Rosas Puls. Rosa schlägt einmal kurz die Augen auf. »Mädchen?«, fragt sie. Ihre Stimme klingt so leise.

Ich nehme ihre Hand, sage: »Ja, hier bin ich. Ich habe Hilfe geholt«.

Da macht sie die Augen wieder zu.

»Wir müssen sie zum Arzt bringen!«, meint die Frau, »Ich hole Mario und Claudio, momento!«

Sie geht und ich bleibe bei Rosa, halte ihre Hand.

Kurz darauf kommt sie wieder herein. Zwei junge Männer sind bei ihr. »Wir sie bringen zum Arzt!«, sagt sie zu mir. Und gemeinsam heben sie Rosa hoch und tragen sie hinaus. Ich stolpere neben ihnen her und halte immer noch Rosas Hand.

Sie transportieren Rosa in einem großen Jeep. Die beiden Männer, einer davon ist der Zeichentrickfan, und ich. Die Frau ist im Hotel geblieben. Wir fahren schnell. Die Lichtkegel bahnen sich einen Weg. Ab und zu hupt der Fahrer und erschrockene Touristen weichen aus. Manchmal stöhnt Rosa, ich murmle dann »Alles wird gut« und streichle ihr Gesicht.

Wir halten vor einem Haus mit großem, schmiedeeisernem Tor in der Nähe des Strandes. Der junge Mann steigt aus und klingelt.

»Mutti«, wimmert Rosa, »Mutti.«

Ein Mann, etwa im Alter meines Vaters, macht die Tür auf. Der Zeichentrickfan redet auf ihn ein. Schließlich verschwinden beide im Haus und tauchen dann mit einer Trage wieder auf, auf die sie Rosa legen. Ich laufe neben der Trage her.

Ich muss im Gang warten, während der Doktor mit Rosa im Behandlungszimmer ist. Wo die anderen Männer hingekommen sind, weiß ich nicht. Ich setze mich auf einen Stuhl und schaue durch das Fenster aufs Meer hinaus. Die Straßenlaternen und die Lichter der Pizzeria färben das Wasser golden. Rosa, denke ich und kann nicht mehr sitzen bleiben. Ich fange an, im Flur auf und ab zu gehen, an einem Schränkchen mit verschnörkelten Füßen und einigen Aquarellen vorbei.

Plötzlich geht eine Tür auf und eine Frau steht vor mir. Sie hat lange, schwarze Haare und freundliche Augen.

»Hallo«, sagt sie »ich bin Frau Giardini, die Frau des Arztes. Wie ist das passiert?«

Ich sprudle eine Geschichte heraus, sage einfach das, was mir als Erstes einfällt. »Rosa, äh, meine Oma hat sich in der Scheune, äh, auf der Fahrt über die Berge wohl erkältet und jetzt ist sie richtig krank, alles ist immer schlimmer geworden. Wird sie wieder gesund?« Als ich das Letzte sage, rollt mir eine Träne die Wange hinunter.

Sie legt mir einen Arm um die Schulter und meint: »Ganz bestimmt!« Sie drückt mich kurz und fragt dann: »Wie heißt du denn?«

»Lu … äh … lllena«, sage ich.

»Und mit Nachnamen?«

»Äh …«, zum Glück erinnere ich mich an den Schein, den ich in der Pension ausgefüllt habe, »Feistner«, sage ich. Es war doch Feistner, oder?

»Also Lena Feistner. Und deine Oma?«

»Auch Feistner, Emilie Feistner«, sage ich schnell.

»Deine Eltern, sind die auch hier?«

»Nein, nur wir zwei!«, sage ich.

Sie schaut mich an, ihre schwarzen Augen gleiten an mir auf und ab. Ich schäme mich für mein dreckiges T-Shirt.

»Aber benachrichtigen müssen wir die schon. Deiner Oma geht es richtig schlecht!«

»Äh, das geht nicht, die sind in Urlaub!«

»Nicht mit euch zusammen?« Sie hat Falten über der Stirn, ich schaue schnell weg, schaue den Schrank mit den verschnörkelten Füßen an.

»Nö, ja, die sind wo anders, die wollten lieber an die Nordsee«, sage ich.

»Anrufen sollten wir sie zumindest. Weißt du die Nummer auswendig, Lena?«

Ich zucke zusammen. Lena. Klar, ich heiße ja jetzt Lena. Dann versuche ich mich zu fassen, in meinem Kopf ist ein einziger Wirbel. »Die sind – Bergwandern – da gibt's kein Telefon.«

»Wirklich?« Die Falten auf ihrer Stirn scheinen noch tiefer geworden zu sein.

Ich nicke und schaue dann schnell weg. Mein Kopf fühlt sich auch heiß an, hoffentlich bekomme ich nicht auch Fieber.

»Na da wollen wir mal sehen, was wir für euch tun können ...«, sagt sie.

In diesem Moment geht die Tür auf und der Doktor streckt den Kopf heraus, sagt irgendetwas Schnelles auf Italienisch zu seiner Frau.

Frau Guardini übersetzt: »Deine Oma hat etwas gegen Fieber und ein ... was zur Beruhigung bekommen. Es wird ihr morgen besser gehen. Ihr beide bleibt erst einmal hier und schlaft.«

»Ich will zu meiner Oma!«, sage ich wie ein trotziges, kleines Kind.

Die Arztfrau führt mich ins Behandlungszimmer.

Rosa atmet ruhiger. Ich liege neben ihr, an sie auf der Liege gekuschelt und schaue das Poster an der Wand an, das vom Schein einer Straßenlaterne beleuchtet wird. Es zeigt einen Menschen, bei dem man alle Adern sehen kann. Durch das Fenster hört man Stimmen und Autos. Es riecht komisch nach Arzneimitteln. Ich drücke meine Nase an Rosas Arm. Sie haben ihr ein Spitzennachthemd angezogen, dass ganz frisch gewaschen riecht. Aber Rosas Haare riechen nach Meer …

13

»Aufstehen, kleine Lucia!«, sagt eine Stimme neben mir. Die Arztfrau hat eine Tasse in der Hand und lächelt.

Neben mir schnarcht Rosa. Es muss noch wahnsinnig früh sein. Durch das Fenster sehe ich das Meer, es ist ganz rot von der aufgehenden Sonne.

»Da hast du mir ja gestern, wie sagt man, einen ganz schönen Bären aufgebunden!«, sagt die Doktorsfrau.

Ich starre sie an.

»Bergsteigen an der Nordsee, das kam mir dann doch etwas komisch vor. In der Pension war auch niemand mit Feistner eingetragen, nur Feistenauer, und da wir euer Gepäck abholen mussten, haben wir gleich noch nachgesehen. Deine Eltern haben sich ganz schön Sorgen gemacht, Lucia!«

»Meine Eltern?« Meine Stimme klingt schwach und krächzig.

»Wir mussten sie einfach informieren. Deine Eltern sind in großer Sorge, Lucia. Sie haben sich sofort ins Auto gesetzt und sind hergefahren. Und die Angehörigen von Frau Pfeiffer auch. Ich nehme an, du weißt, dass die alte Dame, die du Oma nennst, so heißt. Und verwandt mit dir ist sie auch nicht. Deine Eltern kennen sie nicht einmal!«

Ihre Lippen sind ganz schmal. Ich schaue Rosa an, streiche

ihr mit der Hand über das Gesicht. Sie fühlt sich wieder fast an wie früher, warm und faltig-weich.

»Du magst sie wirklich sehr, wie mir scheint.« Auf den schmalen Lippen der Arztfrau erscheint wieder ein kleines Lächeln.

Ich nicke.

»Aber jetzt komm mit, deine Eltern warten!«

»Sie sind schon da?«

Sie nickt und steht auf. Ich setze meine Cap auf, als könnte sie mich beschützen … Dann folge ich ihr.

Auf dem Gang begegnen uns zwei Leute, eine nervöse, blonde Dame im Kostüm und ein Herr im Anzug. Der Doktor läuft neben ihnen her. »Buongiorno!«, grüßt er mich, aber die anderen beiden scheinen mich zu übersehen.

Die Arztfrau schiebt mich in einen Raum. Als Erstes sehe ich ein Plüschsofa und dann meine Mutter. Sie sieht müde aus und ihre Schultern hängen herunter.

»Lucia!«, sagt sie.

Mein Vater schaut mich auch an, aber er sagt gar nichts. Zum ersten Mal fällt mir auf, dass seine Haare vorne schütter werden.

Keiner sagt irgendetwas. Die Arztfrau schüttet Espresso in die kleinen Tassen auf dem Tisch. Ich setze mich zu meinen Eltern. Sie nickt mir noch einmal zu und dann schließt sie die Tür hinter sich. Ich bin mit meinen Eltern allein.

»Mensch Lucia«, sagt mein Vater, »warum hast du das getan?«

»Und wir haben uns solche Sorgen gemacht …«, meint meine Mutter und sieht aus, als würde sie gleich zu weinen anfangen. »Ich kenne mein Luciemädchen gar nicht wieder, die Haare hast du dir auch geschnitten und so kurz …«

Ich fahre mir durch die Haare, zerzause sie ein bisschen. Klar, dass meiner Mutter so was auffällt. Sie trägt die Haare lang und mir hat sie schon mit einem Jahr Frisuren gemacht.

»Würdest du uns das bitte erklären, Lucia?« Mein Vater. Klar, bei uns in der Familie muss immer alles erklärt werden. Manchmal hat man mit einem guten Argument eine echte Chance.

»Hm«, sage ich, »hm. Ich habe quasi gewettet …«

Und an den Augen meines Vaters sehe ich sofort, dass das keine gute Erklärung war.

»Gewettet?«, fragt er, »Gewettet!«

»Hm, ja. Zwei aus meiner Klasse haben gedacht, ich wäre ein Feigling und eine Streberin. Das konnte ich nicht auf mir sitzen lassen, ihr habt doch immer gesagt, dass man sich verteidigen muss …«

Darauf steigt mein Vater ein. »Aber dass du uns damit in Angst und Schrecken versetzt, war dir wohl egal? Kannst du dir vorstellen, was es für ein Gefühl war, bei Tamaras Eltern anzurufen und zu erfahren, dass du uns belogen hast und spurlos verschwunden bist? Nicht einmal Tamara wusste Bescheid, und dabei ist sie doch deine beste Freundin!«

Ich nicke. Sein Kopf ist richtig rot geworden.

»Und?«, fragt er.

»Es tut mir Leid«, sage ich.

»Warum hast du nicht mit uns geredet? Wir hätten doch über alles reden können!«, meint meine Mutter und fährt sich mit der Hand über die Nase.

»Genau!«, meint mein Vater und nimmt einen Schluck aus seiner Tasse.

»Aber ihr hättet mir das doch nie erlaubt!«

»Stimmt!«, sagt mein Vater, »wie hast du dir das eigentlich gedacht? Was wäre gewesen, wenn wir nicht bei Tamaras Eltern angerufen hätten?«

»Und was, wenn der Arzt nicht bei uns angerufen hätte? Wir haben dir doch – ach, ich weiß nicht wie oft ...«, sagt meine Mutter, macht eine wegwerfende Handbewegung und stößt dabei beinahe die Kaffeekanne um, »... schon gesagt, wie gefährlich trampen ist!«

»Ich wollte erst gar nicht trampen. Ich wollte Geld von meinem Sparbuch abheben und mit dem Zug weiterfahren. Aber sie haben mir keins gegeben, weil ich noch nicht 18 bin.«

»Und dann bis du *getrampt?*« Mein Vater hat lauter tiefe Falten zwischen den Augenbrauen.

»Naja, da war ich schon in Kufstein und zurück konnte ich dann ja wohl auch nicht mehr. Ich weiß nicht, ob ich getrampt wäre, wenn ich nicht Rosa getroffen hätte ...«

Ich sehe aus dem Fenster. Die Straße belebt sich langsam. Ein paar Frauen mit Einkaufstaschen sind unterwegs und ein Dreirad knattert vorbei.

»Diese seltsame Alte!«, meint meine Mutter, »ich habe vorher mit ihrer Tochter gesprochen, die war auch ganz nervös, hat sich riesige Sorgen gemacht. Ihre Mutter war so alleine, seit ihr Vater gestorben ist, und hat es auch nicht mehr geschafft, das Haus in Schuss zu halten. In letzter Zeit hat sie dann ganz schön abgebaut und ist auch ziemlich seltsam geworden!«

»Die Rosa ist nicht seltsam!«, sage ich und meine Stimme ist so laut, dass ich fast schreie.

»Naja, wie dem auch sei.« Das sagt meine Mutter immer, wenn sie nicht diskutieren will. »Wohin wolltest du denn? Und warum hast du nicht mit uns gesprochen? Wir dachten, du fährst gerne mit Tamara fort! Sie ist doch deine beste Freundin und zerstritten seid ihr auch nicht, hat sie gesagt …«

»Ich … äh … ich wollte auf ein Open Air. Das hättet ihr doch nie erlaubt!«

Mein Vater schüttelt den Kopf. »Wegen einem Open Air bringst du dich derart in Gefahr?«

Da sehe ich Rosa unten am schmiedeeisernen Tor. Die Frau, die mir vorher im Flur begegnet ist, stützt sie.

»Rosa!«, schreie ich und drehe mich um, renne zur Tür hinaus und die Treppen hinunter. »Rosa!«

Rosa steht neben einem silbrigen BMW. Der Mann schließt gerade die Tür auf. »Rosa!«, rufe ich noch einmal, »Oma Rosa!«

Da dreht sie sich um, sagt: »Mädchen!«

Vorsichtig nehme ich sie in den Arm. Die Tränen laufen ihr über die Backen und ich merke, dass auch ich weine.

»Es war eine schöne Reise mit dir, Mädchen«, sagt sie. »Ich hätte mir keine bessere Reisegefährtin wünschen können. Überhaupt …«, sie stockt und fährt dann fort, »es war fast die schönste Zeit in meinem Leben.«

Sie hält mich ein Stück von sich weg und schaut mich an.

»Leb wohl, Lucie! Und komm mich mal besuchen!«

»Wir sehen uns wieder, ganz bestimmt!«, sage ich, »ich komme dich bald besuchen und dann …«

Sie lächelt ihre Tränen fort und sagt: »Ich möchte dir gerne was schenken – hier nimm meinen Hut.«

Sie nimmt ihn ab, ihren blauen Hut mit der Sonnenblume, und drückt ihn mir in die Hand.

»Dann nimm du meinen!«, sage ich und setze ihr meine Cap auf.

»Danke«, sagt sie und küsst mich auf die Backe. Ihre schmalen Lippen sind weich und die Backe auch, mit der sie mich berührt.

»Tschüss, bis bald! Ich habe ja deine Adresse!«, sage ich.

Rosa dreht sich um und die Frau führt sie zum Auto.

»Danke für alles, was du für Mutter getan hast!«, sagt die Frau, also Rosas Tochter, zu mir, »wir bringen sie jetzt in eine Klinik bei uns in der Nähe, bis sie sich wieder erholt hat! Schönen Gruß auch an deine Eltern!«

Ich schaue Rosa nach, bleibe stehen, ihren Hut in der Hand.

Als der BMW anfährt, sehe ich Rosa zum hinteren Fenster hinausschauen. Sie winkt. Ich hebe die Hand und winke zurück.

Als ich mich umdrehe, sehe ich meine Eltern oben am Fenster stehen. Ich setze Rosas Hut auf und gehe ins Haus zurück.

14

Die Ferien sind vorbei, heute ist der erste Schultag. Ich glaube, es waren wirklich die aufregendsten Ferien, die ich je hatte. Nachdem Rosa weggefahren ist, habe ich noch lange mit meinen Eltern geredet. Meine Mutter hat sich erinnert, dass sie früher auch verrückte Sachen gemacht haben. Sie sind zum Beispiel schon am Vortag auf ein Konzert gefahren und haben vor der Halle übernachtet, nur um gute Plätze zu bekommen! So was hätte ich nie von denen gedacht!

Ich musste ihnen versprechen, nie mehr abzuhauen und sie so anzulügen, dafür haben sie mir versprochen, dass ich ab und zu am Abend länger wegbleiben darf, wenn ich einen Kurs für Selbstverteidigung mache. Sie haben sich wieder so weit beruhigt, dass ich sogar noch zu Tamara fahren durfte. Besser gesagt, sie haben mich hingefahren und sogar gegen Tamaras Eltern verteidigt, indem sie ihnen klargemacht haben, dass ich ›halt in der Pubertät‹ bin. Sie sind noch zwei Tage geblieben und wir hatten es ganz schön zusammen. Dann mussten sie wieder nach Hause zum Arbeiten. Gleich in den ersten Tagen habe ich der Rosa eine Toskanapostkarte geschickt, eine mit einem gelben Sonnenblumenfeld.

Mit Tamara habe ich mich auch wieder versöhnt. Sie fand die Geschichte mit Rosa sehr spannend. Nur das mit Janne und Simon versteht sie nicht. Es war ganz nett mit ihr die restlichen zweieinhalb Wochen. Aber ganz wie früher war es dann doch nicht. Ich schätze, wir haben uns ein bisschen auseinander gelebt. Sie ist auf jeden Fall jetzt mehr mit Annemie zusammen, aber sauer ist sie nicht mehr …

Janne und Simon. Ich hatte ganz schön Bammel, ihnen wieder unter die Augen zu treten. Als ich bei Tamara angekommen bin, habe ich auf meinem Handy eine SMS von ihnen gefunden. *»Lucie, was ist los, wo steckst du? Kommst du nicht mehr?«*

Ich habe lange überlegt, was ich ihnen antworten soll. In der Zeit haben sie mir noch mal geschrieben. *»Lucie, antworte! Was ist los?«* Da habe ich ihnen geantwortet: *»Alles ist aufgeflogen! Meine Eltern haben mich zu Tamara gefahren! Erkläre alles, wenn ich wieder zu Hause bin. Nicht böse sein! Lucie!«*

Die Antwort war. *»Wir warten!«*

Dann kam nichts mehr. Nachdem ich aus der Toskana zurück war, bin ich drei Tage um das Telefon herumgeschlichen. Dann habe ich mich getraut.

»Kiel«, sagte eine Stimme.

Ich musste mich erst räuspern, dann brachte ich ein »Könnte ich mal Janne oder Simon sprechen?« heraus.

»Wer ist denn dran?«, fragte die Stimme, die vermutlich ihrer Mutter gehörte.

»Lucie«, sagte ich.

»Janne! Simon! Eine Lucie ist am Telefon!«, hörte ich sie im Hintergrund rufen.

Meine Hände zitterten und wurden ganz feucht. Zur Vorbeugung räusperte ich mich gleich noch einmal.

»Willst du oder soll ich?«, hörte ich Jannes Stimme.

»Du«, murmelte Simon.

»Hi Lucie!«, hörte ich Janne sagen.

»Hi«, sagte ich und meine Stimme zitterte.

»Wie haben dich deine Eltern denn entdeckt? Da haben wir echt lange gerätselt!«

»Das dauert ziemlich lange, aber wenn ihr wollt, erzähle ich euch alles, aber das dauert lange. Können wir uns mal treffen?«

»Hm, ja, da wäre ich schon gespannt …«, sagte sie und ich konnte ihr Kichern hören.

Wir haben uns dann bei uns getroffen. Meine Eltern waren ganz nett zu den beiden, haben über ihr ungewöhnliches Äußeres einfach so hinweggeschaut. Ich glaube, das haben sie so ausgemacht. Auf jeden Fall habe ich mal gehört, wie mein Vater zu meiner Mutter gesagt hat, dass er gelesen hätte, das man möglichst tolerant mit Jugendlichen sein müsste, weil sie sonst kein Vertrauen mehr zu einem haben …

Simon und Janne fanden meine Geschichte toll. Und Janne wurde ganz aufgeregt wegen der Straßenmusik.

Auf jeden Fall haben wir uns gleich am nächsten Tag wieder getroffen und es ausprobiert. So viel Geld wie Rosa und ich haben wir zwar nicht verdient, aber immerhin. Seitdem haben wir öfter miteinander gespielt. Wir sparen das Geld, weil wir ein Multimediaprojekt machen wollen, mit Musik und Film gemeinsam mit Simon.

Simon. Ich sitze zwischen ihm und Janne. Als der Sommer, der in diesem Jahr unser Klassenlehrer ist, den Stundenplan vorgelesen hat, bin ich versehentlich mit dem Bein gegen seins gerutscht. Das war mir erst furchtbar peinlich und ich habe es schnell weggezogen. Aber kurz darauf war seins wieder bei mir. Und da blieb es auch. Ich musste die Hälfte des Stundenplans von Janne abschreiben.

Ich bin jetzt zu Hause. Von den Nudeln habe ich nur ganz wenig geschafft. Irgendwie ist da so ein komisches Brennen in meinem Bauch, und wenn ich an Simon denke, kann ich sein Bein noch immer spüren …

Gerade eben kommt meine Mutter nach Hause.

»Hast du heute keinen Hunger?«, fragt sie und schaut auf meinen Teller. Ich schüttle den Kopf.

»Da ist ein Brief für dich gekommen, von deiner Ferienbekanntschaft!« Meine Mutter lächelt und hält ihn mir hin. Er ist in einer steilen, altmodischen Schrift geschrieben, von Rosa. Endlich antwortet sie mir. In den letzten Tagen habe ich öfter an sie gedacht, habe gehofft, dass es ihr wieder besser geht.

Liebe Lucia,
Vielen Dank für deine nette Postkarte. Wie geht es dir, Mädchen? Mir nicht schlecht, ich habe mich wieder wunderbar erholt und wohne jetzt in einem Seniorenheim. Aber es ist gar nicht so furchtbar, wie ich immer geglaubt habe. Ich habe mein eigenes Appartment und meine Ruhe. Ich muss meiner Tochter sogar ein bisschen Recht geben, es ist schon eine große Erleichterung, nicht mehr für ein ganzes Haus und einen Garten sorgen zu müssen. Ich habe jetzt viel Zeit zum Lesen und Kartenspielen. Hier habe ich nur einen eigenen Bal-

kon, zur Südseite hin. Die Schwester meint, ich könne dort Rosen anpflanzen wie im Süden. Das werde ich nächstes Frühjahr bestimmt tun. Wenn du also ein kleines bisschen Zeit hast, würde ich mich sehr über einen Besuch von dir freuen. Ruf am besten vorher an, dann besorge ich uns Kuchen im Café nebenan. Meine neue Adresse und Telefonnummer lege ich dir bei.

Hier kann ich immer Gesellschaft haben, wenn ich will. Ich habe drei Damen kennen gelernt, die alle sehr nett sind. Sie bewundern mich wegen meiner Erlebnisse und können sich nicht vorstellen, wie komfortabel man per Autostopp reist. Eine, Frau Hauber, spielt Klavier. Sie meint, wir hätten uns früher begegnen und eine Kapelle gründen sollen.

Auch zum Meer wollen wir gerne. Vielleicht machen wir nächsten Sommer eine Reise dorthin, wenn wir dann alle noch bei guter Gesundheit sind. Drücke uns also die Daumen, Mädchen.

Ich wollte dich noch um etwas bitten. Könntest du mir einen Abzug des Fotos schicken, das du von mir gemacht hast?

Es grüßt dich
deine Oma Rosa.